中国专业作家作品典藏文库

中国专业作家作品典藏文库
石钟山卷

向爱而生

石钟山 著

中国文史出版社

目　录

天堂 …… 1
老板 …… 6
高龙彬 …… 11
线人 …… 17
意外 …… 26
小满 …… 35
马晓雯 …… 40
马教授 …… 45
马晓雯和小满 …… 50
头绪 …… 59
父亲 …… 65
谜踪 …… 71
于浩然 …… 76
小满 …… 88
内鬼 …… 93
交锋 …… 99
谜面 …… 106

局面 …………………………………………………… 113
马晓雯 …………………………………………………… 118
出处 …………………………………………………… 124
宋杰和马晓雯 …………………………………………………… 130
交集 …………………………………………………… 136
马晓雯 …………………………………………………… 141
宋杰 …………………………………………………… 150
孙可 …………………………………………………… 155
王文强 …………………………………………………… 161
女人 …………………………………………………… 166
生死之交 …………………………………………………… 173
孙可的爱情 …………………………………………………… 179
马教授 …………………………………………………… 184
别样 …………………………………………………… 190
缺口 …………………………………………………… 195
行动 …………………………………………………… 200
谜面 …………………………………………………… 205
日子 …………………………………………………… 210
自首 …………………………………………………… 214

天　堂

比平时早了一些，四点半，宋杰把车开出了长坤生物制药公司。经过门岗时，保安小崔冲车上喊：队长，接孩子去呀？宋杰点了下头，车便驶出了长坤制药公司。

雪还在飘着，街道上浅浅的一层落雪，有风吹过，雪花四处飘散开来。今天是儿子小满的生日，他提前给蛋糕店打了电话，订了一个生日蛋糕。出门右拐，再左转，过了个红绿灯，就是那家蛋糕店了。他提上蛋糕上了车，直接向幼儿园驶去。

不早不晚，时间刚刚好，幼儿园门已经开了，接孩子的家长涌入幼儿园。他把车停好，也向里面走去。

小满站在一群孩子后面，抱着书包在等着他。儿子看见他跑过来，他牵过儿子的手，儿子回头，冲老师说：老师再见。宋杰也冲老师点点头。

老师姓苗，二十出头的样子。小苗老师走过来，叫了声：宋队长。在公安局刑警队时，苗老师这么叫他，他到了长坤制药公司的保安队，还这么称呼他，似乎在她的口中，两个队长都是一个样子。

小苗老师过来把手里的一个糖果盒递给他道：今天是小满

生日。

宋杰要推托，小苗老师道：过生日的孩子都有，幼儿园的一点心意。宋杰这才收了礼物，又让小满和老师道了别。

他走到车旁，打开车门，把小满抱到副驾驶位置上，后排座上放了蛋糕就没有让儿子坐后面。

车开了，小满仍死死抱着书包，两眼盯着前方。

他说：小满，爸给你买蛋糕了。

孩子只“嗯”了一声，情绪似乎不高。蛋糕可是小满的最爱，以前经常缠着他要吃蛋糕，拗不过，他只给孩子买一小块。见小满提不起兴趣便问：小满，怎么了，老师批评你了？

小满摇下头，目光有些游离。

妻子离开已经有一年了，去年也是落雪时节，妻子离开了他们。他想，儿子一定是想妈妈了，鼻子跟着有些发酸，没再和小满说话，怕小满哭出来。

儿子突然道：爸，你说有天堂吗？

他一惊。妻子离开最初的日子里，他一直跟儿子说妈妈出差了。后来瞒不过，他才和小满说：妈妈去了天堂。小满问：爸，天堂远吗，在哪里？他用手指了指西方的天际道：在那里，很远。小满又问：妈妈还回来吗？他沉默半晌答：我们有一天，也会去天堂的。这是父子俩的讨论。

每次看着睡去的小满，他心里都是一阵难过，孩子还不知道什么叫死亡，在孩子的世界里想象不出死亡是什么。小满只能坚信他说的话，母亲在天堂。天堂到底是什么，其实他也说不清，只希望逝去的亲人能够进入天堂。天堂一定是充满阳光的温暖的所在。

他和妻子老家都在外地，他们大学毕业之后留在了这座城市，有了家，有了小满。妻子杨雪去世后，父母还有岳父岳母，都想把小满带走，他拒绝了。孩子失去了母亲，不能再让他失去父亲了。再难，他也要和孩子在一起。况且，他也需要小满，看到小满似乎就看到了妻子杨雪。

小满把怀里的书包抱紧一些，望着他的侧脸又问：爸，天堂到底有多远？

他透过车窗望着灰蒙蒙的天空说：在云彩后面，很远很远的地方。

儿子问：在天上吗？

他说：在天上。

他内心多么希望真的有天堂啊，妻子就会一直在天堂里注视着他们。他知道，天堂是人们一种美好的愿景。他在心里叹口气。

回到家，他把蛋糕打开，点上蜡烛道：小满，许个愿吧。

儿子坐在椅子上，望着蛋糕上燃烧的蜡烛闭上了眼睛。他发现儿子从进门到现在，怀里仍紧紧地抱着他的小书包。儿子虔诚地闭着眼睛，半晌，把蜡烛吹灭。他把蛋糕切开，递给儿子道：吃吧。

伸手去取儿子怀里的书包，儿子挣扎一下，并没放手，跳下凳子道：我去放。说完跑向自己的屋内，出来时又把门带好，这才又坐到桌前。看到儿子开始吃蛋糕，他张罗着做饭。吃过饭，他打开电视找到播放动画片的频道。他还要回公司去转一转，这是每天的例行公事。

儿子却说：爸，我不看动画片了。

他看着儿子。

儿子说：爸，你走吧，我回自己屋去了。儿子走回自己屋内，关上门。

他不知儿子怎么了，总觉得怪怪的。他轻手轻脚地在儿子门口听了一会儿，并没什么异样，便冲儿子说道：小满，那我去公司了。

儿子爽快地答：你去吧。

他把客厅和厨房灯都打开，他不在家怕小满害怕。

他走到门口又说：小满，爸走了，有事给爸打电话。

小满书包里放了部手机，自从妻子不在了，他就给儿子置办了这部手机，唯恐发生意外。妻子就是在意外中出了车祸。也是在这样的下雪天，妻子去幼儿园接小满，从马路过来向幼儿园方向走去，就在过马路时，一辆车飞驶过来，把妻子撞飞出去几十米远。那会儿他正在盘山路上跟踪一辆神秘的卡车。他接到了车队打来的电话，只能放弃眼前跟踪了大半天的卡车。当他赶到医院时，只看见用白布盖着的妻子。他掀开白床单，见妻子手里仍死死地抓着小满的棉大衣。下雪了，她怕孩子冷，特意回家取了孩子的棉大衣。

他走出家门，回望了一眼自家楼上，灯很亮。家家户户的厨房都是忙碌的身影，热气蒸腾在窗子上。自己的家却是清冷的。他又想到了妻子杨雪。他扬了下头，雪仍纷纷地下着。

他赶到保安值班室，小崔和小李两人正在下棋，见他进来，忙把棋推乱了。小崔说：队长，这儿没事，你早点回去陪孩子吧。

他坐在一把椅子上，点燃支烟，吸了口，突然问：你们相信有天堂吗？

小崔笑了：队长，那是骗人的，让活着的人有奔头。我妈信佛，说信了佛，死了就能上天堂。我妈信，反正我不信。

小李说：我信，队长，咱家嫂子一定上天堂了。嫂子是好人。

他看眼小李，眼睛湿了一下，重重地吸口烟，把半截烟丢到垃圾桶里，起身道：王总还没走吧？

小崔说：还在会议室里开会呢。

他走出去，来到公司办公楼前，二层靠东侧的就是公司会议室，那里的灯果然亮着。他又下到地下车库，不仅王总的车在，于副总还有刘副总的车都在。他已经养成了习惯，看公司高管来没来，只要看车位上的车就行。

他从地下车库上来，又向制药车间走去。几个制药车间连在一起，有很大一片，以前他都是开着车转，今天他想走走。雪似乎大了，厚厚的一层，他踩在雪地上，留下一串脚印。

老　板

长坤生物制药公司的老板叫王文强，五十多岁的样子。他是个工作狂，每天总是第一个上班，来到单位后，停好车，不去办公室，而是院里院外地转一转。每次都会来到保安室，保安室的里间是监控室，公司院内院外架设了几十只摄像头，坐在监控室内便可以看到公司院内每一个角落。

老板王文强一进保安室，所有人都站起来，问候一声：王总好。王文强并不说什么，只在监控前看会儿监控屏幕，拍拍看监控保安的肩膀，便来到外间。见保安们仍站在原地，王老板从口袋里掏出一盒中华烟，每个人递一支烟过去。保安大都吸烟，保安室里有一只硕大的烟灰缸，里面堆满了烟屁股。长坤公司要求保安二十四小时值班，就那十几个人，连轴转，只能靠烟顶着。王老板每次来保安室，都会散一圈烟，保安舍不得马上就吸这支中华烟，有的握在手里，有的悄悄放到衣服口袋里，又小心地按了按。

王老板走出保安室时，看到站在门口的宋杰，他叫了声：宋队长。

宋杰也招呼道：王总早。

宋杰看到王文强的眉头拧在了一起，知道王文强一定有事找自己。他和王文强老板认识得较早，最初在警察学院上学时，王文强就多次去过警察学院选人。警察学院虽说培养的是警察，但并不是每个警院的毕业生都能到警察队伍工作。省里的一些大企业，经常到警察学院去选人，有的做保安，有的做了别的什么工作。

王文强老板很重视自己公司人员的素质，就连保安也要高素质的人才。当初王文强看上了正在读警院大三的宋杰，就请教刑法的马教授来做工作。马教授在警察学院是德高望重的刑法专家，在全国都很知名，经常在省里省外的一些场合做报告。包括检察院起诉前定性一个案子，也会聘请马教授当顾问，希望能听取他的意见。马教授在学生心里的地位是至高无上的。

在这之前，王文强也单独找过宋杰，周末时，还请宋杰喝过两次酒。宋杰在警院上学时，从大一到大四一直是优秀学生。王文强的热情以及开出的很有诱惑力的条件，的确让他有些心动了。王文强的公司当时还在郊区一个叫小孤山的地方，公司起步不久，但他招揽天下人才的决心从没动摇过。还是马教授的一句话，让宋杰改变了自己的想法。当初马教授把宋杰叫到自己办公室说：你来警院上学的目的是什么？他毫不犹豫地答：当一名优秀的警察。马教授那双藏在镜片后的眼睛亮了一下，拍了一下他的肩膀道：相信你自己，相信警察队伍。

马教授这句话坚定了他当一名警察的理想。他是农村长大的孩子，小时候最大的理想就是当一名优秀的警察。在和平年代，警察是正义的化身，除暴安良，维护一方平安。在他的世界里，警察个个是佐罗，是永远不可战胜的英雄。他梦想着自己成为一个英雄，是少年的情结。

后来，他顺利地当上了一名刑警，在静海区刑警队一干就是十年。他从最初懵懂无知的小白，成长为一名刑警队的副队长。

在他做刑警时，仍然和王文强老板有交情。过年过节的，王文强总代表自己的企业到公安局刑警队进行慰问，送些烟酒，还有一些年货。王文强每次都说：是你们警察保了一方平安，才有我们长坤公司的今天。

在这之前，长坤制药公司还是个不起眼的企业，转眼十年过去，此时的长坤公司已经是省里著名的制药企业了。不仅著名，还是省里的纳税大户。王文强是省人大代表，省企业家协会的副会长。省长、书记、市长、区长，经常到长坤公司来看望，说些鼓励的话。在公司会议室的墙上，挂满了各级别的奖状证书。一走进会议室，仿佛走进了荣誉室。

王文强老板一直在说：没有人才就没有我长坤公司的今天。他是这么说的，的确也是这么做的。其他公司的保安拿的是最低工资，道理很明显，保安这工作没有技术含量，是人就可以干。经常可以看到，其他公司保安队伍的素质参差不齐。老的少的，弯的直的，都能在门口站一站。但长坤公司却不一样，这里的保安是清一色的小伙子，有的是王老板在警院挖来的，有的是招来的部队复转军人。在长坤公司是清一色的职业化保安队伍。

宋杰离开刑警队之后，王文强亲自出马，请宋杰吃了几次饭，又亲自来到宋杰家里坐了几次。那会儿，宋杰的爱人刚去世不久，宋杰还没从悲痛中缓过来。最后还是被王老板的诚意感动了，成了长坤公司保安队的队长。前任队长年纪大了，调到公司行政部门去了。宋杰来到保安队之后，王文强果然没有食言，他的待遇和公司中层领导岗位的一样，和在刑警队的收入比起来，只多不少。其他保安的工资也是和职工的工资基本一致。每年的工资都会有调整。

长坤公司的保安很幸福，尽职尽责地把长坤公司当成家了。年纪大一些的，有的成了家不适合做保安工作了，长坤公司会给这些保安调换工作。保安们看到了希望，对长坤公司的热爱程度比其他任何一家公司的保安队都要强烈。

在王文强眼里没有什么难事，他是一名成功人士。

那天在保安室门前拧起眉头的王文强冲宋杰说：宋队长，你来一下。

公司的其他人员还没上班，王文强的办公室很安静。王文强亲自给宋杰倒了杯水，坐到宋杰对面说：采购部的小苏，昨天夜里被刑警队的人带走了。

宋杰惊愕地抬起眼睛盯着王文强。采购部小苏他熟悉，戴着眼镜，文文静静的一个年轻人，对谁都是微笑着说话。每天出入公司院门时，都会从电动车上下来，点点头，冲保安问声好，过了门岗才又骑上车。

小苏历来遵纪守法，他怎么会被警察抓去？你帮忙打听一下，要罚款，公司认。王文强轻描淡写地说。此时，拧在他眉心的疙瘩已经不见了。

宋杰意识到问题的严重性。刑警队干的不是派出所的工作，没有证据不会抓人，一般的事轮不到刑警队出面。他想到了分局局长高龙彬。

王文强抬腕看了下表说：宋队长，不打扰了。该送孩子上幼儿园了吧？

宋杰也是刚到公司。每天这个时候，他都要从食堂买好早点回家和小满一起吃，然后送小满去幼儿园。

王文强这么说，宋杰也下意识地看眼表，告别王文强，从办公室出来，向餐厅走去。

高 龙 彬

高龙彬局长是宋杰的伯乐。

警察学院大四最后一个学期，宋杰和几个同学来到了静海分局实习。那会儿高龙彬是刑警队的队长。有几次出警，宋杰和几个实习生也到达了现场。在宋杰这些学生的眼里，高龙彬队长就是一名中国的神探。不论什么现场，高队长都从容冷静，戴一副白手套，背着手在现场内外看一圈，便能说出死者身上的刀伤属于什么类型的凶器，死亡的大概时间，现场有几个人，当时现场是个什么样子。他的分析先是在法医的结论中得到了验证，不久，凶犯落网，在凶犯的供述中又一次应验了。

在静海分局，上上下下的人都服高龙彬。高队长经常被其他区借调破案。不论多么疑难的案件，高队长总能在最短时间内分析出曲直。

在案发现场，实习生只能远远地看着，没有机会近距离接触神通广大的高队长。宋杰就是在那会儿，有了留在静海分局刑警队的想法，如得到这样一个师父指点，这才是做警察的荣耀。可他并没有机会近距离接触到高队长，他想到了马教授。马教授在讲课时曾说过，高龙彬是他的学生，马教授那天在课堂上如数家珍地一口气说出了十几个刑警的名字，这些人在警界都是响当当的人物。马教授可以说是警界的教父。在他们这届学生中，马教授最欣赏的人就是宋杰。他评价宋杰，心理素质好，细节抓得准，这是一个刑警必须具备的条件。

宋杰找到马教授，把自己的想法说了。马教授推推鼻梁上的眼镜，认真地望着宋杰，半晌才道：你敢保证自己能做一个优秀的刑警吗？宋杰挺直身子站在马教授面前，双脚用力并在一起道：当一名合格的警察是我的追求。您教导过我们，治理好一个国家，首先要从警察队伍做起。

马教授点点头，没说什么，宋杰只好告辞了。这事过去没多久，他们几个实习生又一次随刑警队出警。这是一个强奸杀人现场，在一户居民家中，在二层右手一个房间。无一例外地，实习生被留在了外面。高队长进去了，在屋里转了一圈，很快就出来了。刑警拍完照取完证据也从现场退了出来。高队长一抬头，看见了站在不远处的实习生们，招了下手道：你们去看看。

这是宋杰第一次这么近距离地观察作案现场。一条白床单把死者罩住了，屋内摆设很规矩，不见半点凌乱。地面也是干干净净的，似乎房间内的女主人睡着了。他走过去，掀开床单一角，尸体呈现在眼前，死者很安静的样子，上半身睡衣完好地穿在身上，下身赤裸着双腿，一双眼睛似睁又合。他又打量了一眼床上，睡裤被扔到床角。他从屋里退了出来，几名同学也跟着他走出来。

高龙彬正在警车旁吸烟，法医提着工具又一次走进门去。高龙彬把烟头扔在脚下，又踩住，冲他们道：说说吧。

宋杰见几个学生一脸茫然，他喊了声：报告。他立定在高队长面前道：报告队长，我的分析是，熟人作案，而且是两到三人，不可能一个人。死者是被闷死的。说着他做了个手势。

高龙彬又点了支烟，头也不抬地说：说说理由。

宋杰的紧张感消退一些，这是他第一次这么近距离地面对高队长。第一，如果不是熟人，凶犯没必要杀死被害者。天网恢恢，谁也不会给自己多加一项罪名。第二，从现场来看，屋内整洁，像没人进来过，说明死者没有反抗，确切地说，整个过程没有打斗的痕迹。被害者在自己家里，遇到危险时，不会恐惧得一点反抗也没有，只能说明凶犯有两人以上，并很快制服了受害者。宋杰说到这儿，看了眼高队长的脸色，他在高队长脸上却看不到任何表情。高队长正眯着眼在吸烟。宋杰大着胆子又补充道：我再补充一下，作案时间不会太晚，灯是开着的，到现在仍亮着，说明犯罪分子离开时忘把灯关上了。

他看见高队长把目光投在他脸上，他留意到，这是一丝不易察觉的欣赏的眼神。他又说：死者穿着睡衣，证明肯定是晚上，如果太晚，或者不是熟人，她不会开门。进门时我看了下门锁，是完好的。

这时法医提着工具箱从屋内走出来。高队长拍了下手道：收队。

那天下午，他被高队长叫到了自己的办公室。高队长坐在桌后，桌子上堆着一沓案卷的卷宗。他立在高队长桌前，高队长指着沙发道：坐吧。他小心地退后两步坐下。高队长问：你叫宋杰？

他立起身道：我叫宋杰。警察学院实习生，马教授的学生。

高队长又挥了下手道：坐下说吧。他这才坐下。

高队长这才说：马教授在电话里推荐过你。他冲高队长挤出一丝微笑。高队长抬起目光道：你今天在现场分析得很有道理，但作案人不会多于两个，咱们分析得对不对，破了案才能知道。

一周后，案子就破了，两名嫌疑人被抓捕归案了。和宋杰分析的差不多，两名嫌疑人是被害女性的丈夫的生意伙伴，因经济纠纷，本来想把被害人作为人质要回欠款，临时又改变了想法，奸杀了受害者。

宋杰毕业前夕结束了刑警队的实习工作。临离开的前一天，高龙彬又一次找到了宋杰，还是在自己的办公室。宋杰刚走进办公室时，高龙彬从抽屉里拿出一份档案道：你的档案我已经从学校要来了，你毕业后马上到我这儿来报到。

宋杰顺利地来到了刑警队工作，一干就是十年，他从一名初出茅庐的刑警成长为刑警大队的副大队长。昔日的高队长，已成为静海区公安局局长了。如果不是因为老婆被害等一系列事件，宋杰此时仍然是刑警队的副队长。

因为这一层关系，王文强让宋杰打探小苏的案子。凭经验他知道，刑警队出手一定有事，而且事不会太小。如果是一般小事，有派出所出面就足够了。刑警队管的是刑事案件。他把自己的想法和王文强说了，王文强拧着眉头道：小苏是刚毕业两年的大学生，一毕业就来到咱们公司的采购部工作，他能犯啥事？不过，现在人太复杂，知人知面不知心呢。作为单位，了解下属犯了什么法也不为过。静海分局你人头熟，打探出什么结果我都不怪你。

从王文强办公室出来，他意识到，这是王文强对自己的又一次试探。身为省人大代表的王文强，别说直接打电话给分局局长高龙彬，就是打个电话给省厅厅长、市局局长也不在话下。王文强是个有身份有地位的商人，别说公安局，就连省长对他都客客气气。长坤生物制药公司是省里数一数二的明星企业，是纳税大户，省里创收的财神爷。

他又一次想起高龙彬说过的话：你去长坤公司，王文强不可能马上相信你，能不能成为他的心腹就看你的本事了。

他灵醒起来，来长坤公司近一年了，他脱离刑警的工作也快一年了，他的嗅觉和观察能力下降了。曾几何时，他想起自己身上肩负的使命，想让自己灵醒起来，可平凡的保安生活已经让他懈怠了许多。

他走出公司办公大楼，觉得背后正有一双眼睛在望着自己。自从来到长坤公司，他一直觉得有一双眼睛在盯着自己，回头去寻找，却什么也没发现，但这种感觉一直伴随着他。他没有回头，开上自己的车，他要送小满去幼儿园了。回到家时，他意识到忘记在食堂买早点了，忙给小满煎了个鸡蛋，又从冰箱里拿出奶来，放到微波炉里热了。小满已经穿好衣服，正站在小凳上洗脸。

妻子离开快一年了，他发现小满长大了，懂事了。他自己又何尝不是改变了以前的一切。妻子在那会儿，他把家和孩子都交给了妻子，自己早出晚归，脑子里除了案子还是案子，就连睡觉他梦见的都是案子。他昨晚却梦见了妻子，妻子冲他说：你要照顾好小满，你又当爹又当娘的，辛苦你了。妻子说这话时，一脸歉然。后来他醒了，仍想着那个梦，泪水打湿了枕巾。

妻子和他老家在一个县，上大学时也在省城，之前并不认识。妻子大学毕业考上了公务员，在团市委工作，和马教授的爱人在一个单位工作，是马教授的爱人介绍两人认识的。一年后两人就结婚了。他跟踪那辆神秘的卡车，妻子出事了，他一直觉得妻子的死和那辆车有关系。是自己害死了妻子，他一辈子都会愧对妻子。他梦里梦外无数次责备自己，是自己没保护好妻子。近一年来，他陷入一种深深的自责之中。

线　人

自从离开刑警队，宋杰还没有和高局长联系过。

局里让他离开刑警队是白纸黑字的决定。从那一刻开始，他就是个社会人了。脱去警服他才意识到，自己工作了十年的地方，已经和他没有一点儿关系了。

他离开刑警队后，队长秦南坡带着几个兄弟曾为他送过行。那是在秦队长家里，秦队长把老婆孩子赶回了娘家。战友们说着有情有义的话，秦南坡一直找话安慰他道：兄弟，离开也好，以后工作压力就没这么大了。你想想，你要还在刑警队工作，怎么照顾小满？

另一个刑警队兄弟也说：宋队，听说你去长坤公司了，别看保安队长官小，听说他们收入可不低。制药行业可是暴利呀，听说长坤公司那个王总，把钱都倒腾到国外去了。

秦队长制止道：没根据别乱说，王文强可是省里有名的企业家，省领导都很重视他们的企业。

秦队长拍了下他的肩膀道：兄弟，山不转水转，树挪死人挪活。我们都是把脑袋别在腰上干事。走了好，一了百了。

秦队长端起半杯酒和宋杰碰了一下，一口气喝光了，然后离开座位，来到音响旁，打开音响，冲大家伙说：今天我给宋队长唱首歌，算是送行了。《驼铃》的音乐响了起来，秦队长粗门大嗓地就唱了起来：送战友，踏征程……一首歌唱完，宋杰发现他的脸都是湿的，一摸全是泪。战友的脸上也都是晶莹一片。

那天和秦队长告别后，他挨个和队里的兄弟们拥抱着告别，抹一把脸上的泪，转身走在街上。落雪了，雪花不大不小纷纷落下来，眼前的路灯灰蒙蒙一片。

此时，他要给高龙彬局长打个电话。他从怀里掏出另一部手机，这个手机是高局长专门为他准备的。他离开刑警队，就办了一张新的电话卡，手机是旧的，按键是数字的。他把这部手机一直揣在怀里，高局长留下的号码，既不是办公室的座机，也不是现在用的手机号，是个新手机号。他们在这之前办重大案件时，为了保密，也经常会采用这种办法。

他走到街边，拨了高局长的电话，这个号码他从没打过，他正忐忑着，电话通了。还是高局长以往的风格，上来就是一句：说。他们以前办案时向高局长请示，高局长从不废话，电话一通只一个字：说。他说：王文强的人被咱们逮起来了，他让我打听一下消息。高局长在电话那端沉默片刻道：一个小时后，我在新来茶馆等你。新来茶馆在公安局的对面，这是他以前和线人见面时经常光顾的地方。人不多，安静又安全。

他把电话重又揣到怀里，按了按。和高局长通了一个电话，仿佛又回到了从前在刑警队办案时的样子。他浑身每个毛孔都竖了起来。他到保安队里转了一圈，大家仍各就各位地忙碌着。他冲值班的小崔说：我出去一下，一会儿就回。小崔说：队长，你忙你的，这里你放心。

他开上车，先是往左拐去，去公安局的路应该出门向右拐，他却故意拐向了左面，又绕了一圈，在一个商场的停车场把车停下来。到了商场，人多眼杂，正是他脱身的好环境。再走路去新来茶馆。这仍是他以前办案的习惯，指东打西。刑警队的人在明处，犯罪分子在暗处，只能时时提防。

新来茶馆门脸不大，里面却别有洞天，一楼是前台和散座，二楼才是包间。时间久了，茶馆里的人都认识了。前台的小姑娘见他来了，叫一声：宋哥来了。他点一下头。小姑娘也不多说什么，在前头带路，一直上二楼，又向左拐了一下，来到一间包厢门口，小声地说：高局在里面呢。他点下头算是谢过了，才推开门。

高局长正在里面泡茶，见他进来也不多说，在空杯子里倒满茶。他坐在高局长对面，叫了声：高局。

高局长摆下手道：说正事。这是高局长的风格，从不废话，每次分析案情或开会时，他总要说一句：说正事。这是他的开场白。

苏林被我们抓了，他是长坤制药公司的采购员，却采购了一批化工产品。这是高局长透露给他的信息。

之前我们的怀疑是准确的，其他采购员也有过类似的事情。高局长说完，目光如炬地盯着宋杰。

宋杰把衣服拉开，茶馆里有些热。之前他就是在盯着一批化学物品的运输车辆时，妻子出了车祸，也就是从那时开始，他的刑警生涯戛然而止了。他意识到，妻子的死是一场阴谋，他一直就这么认为，但他没有证据。高队长此时又重新提起这个案子，似乎让他看到了替妻子报仇的机会。他说：那就从苏林身上打开缺口，抓紧审讯，别让这条线索断了。

高局长却摇摇头，从怀里掏出盒烟，甩一支给宋杰，自顾自地打着火点燃。这也是高局长的风格，在办公室里他从不抽烟，也不允许别人在他办公室抽烟。只有办案，分析案情时他才吸烟。

不，我准备把苏林放了。高龙彬把烟按在烟灰缸里，态度坚决而又果断。

宋杰吃惊地望着高局长。

在苏林身上捞不出干货。王文强为什么没有给我打电话了解情况，别忘了苏林是他们公司的人，他是在试探你。高局长一席话，让宋杰惊出一身冷汗。

他知道王文强表面上把他当成自己人，求贤若渴的样子，其实，一直把他当成卧底一样防着他。今天早晨，王文强把他叫到会议室透露小苏被抓的消息，就是对他的试探。他明白高局长为什么要放了苏林，他不想因小失大。苏林不会了解得更多，他就是个业务员，进货之后没有证据，还是白忙一场。

高局长之所以下令抓捕苏林再放了，就是为了给宋杰一个人情，只有通过这件事，让王文强认为这是一起普通案件，让长坤公司放松警惕，同时给宋杰一个顺水人情，才能让王文强消除对宋杰的疑心。

一年前，外省破获了一个贩毒团伙，所有的证据都指明制毒窝点在本省。刑警队接到了市局秘密指令，破获这个制毒窝点。那次，刑警队和制毒分子发生了冲突，宋杰还救过秦队长。

就是宋杰跟踪那辆可疑的运输车时，妻子出了车祸，他的跟踪也就此结束了。

撞死妻子的司机是个四十多岁的男人，也是个下雪天，妻子去幼儿园接孩子，就在过马路的一瞬间，这辆肇事车把妻子撞飞。肇事司机并没有逃逸，而是坐在车内拨打了报案电话。妻子被120拉走时，就已经断了气。他接到电话时，正在追踪大货车的山路上。他赶到医院时，妻子已经被一床白被单盖住了。

秦队长和几个刑警队的人立在门口看着他。他掀开被单，妻子的嘴角还有血溢出。他掏出一张纸为她擦血，手放在妻子冰冷的额头上。许久，他抬起头时眼泪流了下来。不知过了多久，他离开太平间，冲站在门口的秦队长道：肇事司机呢？

在拘留所。秦队长这么答了，便低下头去。

在拘留所他查看了审讯笔录：刘大成，男，四十二岁，无业，因偷窃罪被判过三年半有期徒刑。

卡车是他贷款买的，没想到会发生这种事。

他拿起看守所的钥匙，走到关押肇事司机刘大成的房间门前，手抖抖地打不开锁。秦队长过来拉住他：冷静，别干傻事。

他说：我就想看一眼，撞死我老婆的人长什么样。

门终于被他打开了。肇事司机刘大成半躺在地上，神情淡然，看见他时满不在乎地瞥了一眼。他弯下腰，伸手从地上把肇事司机提起来，盯着他的眼睛问：为什么撞人？

司机看他一眼：怎么了，开车在外，谁也保不准会撞人，关我判我就是了。

他挥拳向肇事司机打去，他号叫着把肇事司机压倒在地。秦队长把他拉开时已经晚了，肇事司机已经被他打得满脸花了。正好有记者为另一个案子在拘留所采访，文章很快通过网络发表了。一时间，群情激愤，评论区里炸锅了，将这件事上升为严刑逼供事件。

开除他警察身份是市局做出的决定。当高局长把市局决定推到他面前时，他只看了眼结果，脸色苍白，嘴唇抖动着道：高局，我给你丢脸了。

高局长没有说话，只叹了口气，半晌才说：记者只知道报道，他们有谁理解警察办案的苦。

他低下头道：局长，我服从组织的决定。

肇事司机被判了刑，处理的结果和普通肇事案没什么两样。

分局局长高龙彬虽然舍不得宋杰离去，但还是无奈地把宋杰叫到自己的办公室。市局的命令就在高局长案上摆着，算是他离开前最后一次谈话了。

他乞求地抬起头道：让我查完这个案子再离开行吗？

高局长叹口气，两眼湿润了。他揉揉眼睛道：宋杰，你是男子汉，能屈能伸。去长坤公司吧，王文强对你很感兴趣，我把你离开的风声已经吹给他了，他要请你去。

在宋杰眼里，堂堂静海区刑警队副队长去做一个保安队长，这是对他的侮辱。十年前他在警察学院时，王文强就去他们那儿选过人，后来他也多次接触过王文强。在他眼里，这个老板和一般的老板不一样，可以说是个儒商。长坤公司从一个医药加工厂，发展成为制药公司，很快又成为省里的明星企业，的确不容易。许多人认为，王文强的成功，一半是凭勤奋努力，另一半就是凭他对人才求贤若渴的态度。许多人都听说过王文强三下广州礼聘一位制药工程师的故事。那位工程师在广东一家制药厂工作，那家药厂是个老牌企业，在人员调整时冷落了这名工程师，工程师要调走。王文强得到消息，第一个登门去拜访。人家压根儿没有考虑过他们药厂，当时在行业里，王文强的公司还数不上。对方几句话就把王文强打发了。王文强离开广东之后，听说这位工程师和西安一家制药公司在谈，他又一次去了广州，又找到了人家。对方还是找了些借口，以北方生活不习惯为由把他拒绝了。这位工程师没有和西安那家谈妥，又和上海一家在谈判，他听说了，又一次出马。此时那位工程师在上海谈判，他一直在工程师所住的小区门口等，一连等了三天，终于看见那位工程师从出租车上下来，他忙迎上去，接过行李帮忙送上楼。那位工程师站在自家楼门口说：我和上海那家谈妥了，回来是办手续的。王文强苦笑着道：不是还没签合同嘛，那我就再争取一次。工程师不再理他，提着行李上了楼。他就倚在楼门前吸烟，吸到第三支时，那位工程师从楼上下来，看到仍倚在楼门前的王文强道：你怎么还没走？他笑着说：刘工，还没吃饭吧，我陪你吃顿饭，也算我这趟没白来。就这样，他终于把刘工程师接到了自己的公司，此时的刘工已经成为他们公司的总工程师了。

还有许多礼贤下士的故事。宋杰对王文强谈不上反感，甚至还有几分尊重和欣赏，但他无论如何也不会沦落到去一家企业当保安队长。

当高局长提出这个要求时，他态度坚决地说：高局，我要饭也不会当保安，这是对刑警的侮辱。

高局长抬起眼睛：你不是想查制毒窝点吗？好多线索都指向了长坤公司。撞死你爱人的司机电话里有几个陌生人的号码，我们查到了机主和长坤公司的于浩然有着千丝万缕的联系。

宋杰吸了口气。公安局内部协查通报中，外省几个公安厅提供的制毒线索都指向了他们市。那次他执行跟踪一辆可疑的货车的任务，也是查找毒源的一部分。

他盯着高局长：为何不在这名肇事司机身上打开突破口？

高局长摇摇头：这个司机肯定被收买了，况且在他身上查出收买人也没用，我们要的是证据，是制毒窝点。

宋杰知道高局长是刑警队长出身，办的案子比宋杰听说的都多。高局长把他留在了刑警队，他一直把高局长当师父一样对待。

高局长压低声音：于浩然是长坤公司的人，如果他身上有嫌疑，那长坤公司也脱不了干系。你这次要去长坤公司。

宋杰没有想到自己竟然成了线人。

高局长把市局决定书拿起来晃了一下说：你以为市局真的要开除你？

在市局没做决定前，他就听说了要让他离开刑警队的风言风语。他不信，秦队长和许多刑警队的战友也不相信。他这种错误顶多就是个处分，最严重也是降级使用。没想到最终的结果是开除他。宋杰想不通，刑警队所有的人都想不通。

此时，高局长把那张市局决定书放到抽屉里道：是我让市局这么决定的，目的就是让你接触长坤公司内部，一定要取得王文强的信任。

宋杰突然意识到高局长在用苦肉计，突然觉得身上的担子一下子重了起来。之前是种耻辱感，此时是一种使命感，一位刑警的使命感。

高局长在纸上写出一串电话号码，举到他面前道：以后用这个号码和我联系，这是为你开通的专线。

那串数字他看了两遍便记在了脑子里，速记是刑警的基本功。

他正常办理了离队的手续，情真意切地和刑警队喝了告别酒。

在高局长和王文强的安排下，他的档案已经转到了长坤公司的人事部。

他知道自己身上的担子，他不仅是个线人，更是个卧底。

意　外

宋杰和高局长在茶馆分手。宋杰先出来的，他快步走到商场的停车场。

他来到公司会议室时，王文强正在召开公司中层干部会议，研究对苏林的处理决定。苏林虽说只是采购部的一名采购员，但被拘留了，无论如何是件大事。

公司秘书推开门，挤到王文强身边小声地说：宋队长回来了。

王文强大声地说：快请宋队长参会。

门开大了，宋杰走到一个空位前坐下。

在宋杰没来之前，王文强正在讲话。宋杰入座之后，王文强的目光看向宋杰，两人对了个眼神，宋杰给了王文强一个模棱两可的眼神。王文强收回目光继续讲：一个采购部的采购员，竟然胆子这么大，大到以公司的名义私自采购化学药品。会前我和于总碰了头，这次采购的化学药品和公司毫无关系。

宋杰突然意识到高局长的老辣，对刑警队来说，抓一个苏林没有意义，他们要的是证据。

宋杰看了眼于浩然，于浩然正望着窗外。雪还在下着，透过模糊的窗子仍能看到飘着的雪花。

王文强说：关于对采购员苏林的处理决定，人事部拿出个处理意见。对吃里爬外的员工我们绝对不能姑息。王文强讲到这儿，又扫了眼宋杰道：于总和宋队长留下，其他人散会。

众人鱼贯着走出会议室。最后一个人走完了，秘书把门带上，自己也退了出去。此时会议室内只剩下王文强、于浩然、宋杰三人。王文强再次把目光投向宋杰，宋杰掏出烟，看到了会议室墙上“禁止吸烟”的告示牌。王文强也抽烟，但他从不当着众人面在会议室里吸烟，宋杰又把烟装了回去。王文强道：抽吧，给我也来一支。

宋杰这才又把烟掏出来，递一支给王文强，于浩然不抽烟，两人点上烟。王文强又追问一句：到底是什么情况？

宋杰不紧不慢地说：刑警队的人查了，咱们制药公司用不上这些化学药品。

王文强：我说过，这个苏林一定吃里爬外，在帮别人干事。

按规定，苏林还要在刑警队待上一阵子，不审出个结果不会放人。宋杰有意把谈话的节奏降下来，他要在这个过程中审视王文强和于浩然。

王文强吐出一口粗气，看了眼于浩然道：于总，你负责采购部的工作，你拿个意见吧。我有事，还要出去一下。

王文强说完起身离去。

宋杰直视着于浩然。对于浩然，宋杰还有一层亲近感。他知道马教授的女儿马晓雯在和于浩然谈恋爱。马晓雯来过公司几次。宋杰在警察学院上学时，经常去马教授家。那会儿的马晓雯正上高中，他们每次去，都见她在自己房间里写作业。她一直称呼他们这些警院的人为大哥哥。宋杰被开除警队后，马教授专门打电话把他请到了家里，马教授的夫人吴言是他和妻子的介绍人。妻子还活着时，两家也经常走动，妻子在团市委工作，是吴言的下级。吴言是市团委的副书记。有了这层关系，无形中宋杰与马教授一家亲近了许多。

那天马教授把宋杰叫到家里，吴言已经做了一桌子的菜，马教授一边倒酒一边说：市局对你的处理太严重了，简直就是教条主义，省厅要求抓作风建设，就把你当靶子了，我给高龙彬打过电话，把他骂了。马教授又安慰道：不行，你读我的研究生，毕业我想办法把你留在警院工作。马教授正带着十几名研究生。

他摇摇头道：谢谢马教授，我还要养自己和小满，读书的机会没了。

吴言是妻子杨雪的同事。女人心肠软，刚坐到桌前眼泪就下来了，道：小杨太不幸了，扔下你和小满……吴言说不下去了，抹起了眼泪。

马教授端起酒杯道：宋杰你是个男人，没了妻子，又被警队开除，你现在干成什么样，是考验你的时候。

宋杰冲马教授苦笑一下，端起杯子抿了一口道：谢谢老师，我现在去长坤公司了。小满还小，一是要养这个家，二是还要照顾小满，眼下只能这样了。

马教授叹口气，放下酒杯。

吴言也说：宋杰，你要有事，小满没地方去就送到家里来，我替你带孩子。

宋杰只能谢过了。他相信，吴言说的是真心话。

妻子杨雪在时，他们节假日都会去马教授家。他和杨雪的家都在外地，他们像亲人似的对待马教授一家，无形中对于浩然也多了几分亲近。有几次他去马教授家，正赶上马晓雯和于浩然也在，他们是大学同学，都是学化学的。马晓雯去了中学当老师，于浩然来到了长坤制药公司。

王文强一走，于浩然就起身坐到了宋杰的身边道：宋队长，警队你熟，你看这事怎么办？

宋杰说：过几天吧，也许问不出什么来，苏林就出来了。

他故意卖了个关子，也是在试探于浩然。他又想起高局长说的话，于浩然和撞死妻子的司机有联系。

于浩然的思路却在另外一个轨道上：要不咱们给秦队长意思意思，刑警队秦队长说了算，你帮我把秦队长约出来，我和他谈。

宋杰突然感觉于浩然很陌生，这种社会做派让他很反感。宋杰说：刑警队的人不是你想象的那个样子，我打听了，苏林把问题说清楚应该就没事了。

他故意加重了“说清楚”这三个字的语气。

于浩然站起身在会议室里踱步。

宋杰站起身道：于总，我先走了，有事你叫我。

于浩然似乎没听见他说的话，仍在踱步。

宋杰意识到，事情没那么简单，他要把苏林当成诱饵，等王文强和于浩然上钩。

第二天深夜，他怀里揣着的那部手机突然响了。多年来他养成了一个习惯，一天二十四小时从不关机，开着手机睡觉心里才踏实。那部老式手机一直放在枕头底下，这是专门为高局长开通的号码。虽然近一年来，高局长只联系过他一次。

电话铃声是从枕头底下响起的，他拿着手机来到客厅，怕惊扰了正在睡觉的小满。电话通了，他只“嗯”了一声，电话那端高局长说：苏林死了。

他怔在那儿，似乎没听清，冲电话又“喂”了一声，那边已经挂断了电话。他把房门掩上，来到了书房，桌子上有烟，他开始吸烟。多年的刑警经历告诉他，苏林一定死于他杀。他想把这一想法告诉高局长。走到书房门口他又停住了，破这种小案子不用他操心，局里有秦队长和高局长呢。破这种小案子对他们来说，易如反掌。

宋杰一夜没睡。他在想是谁杀死了苏林，看来苏林只是个小卒子。那他背后的黑手又是谁，和撞死妻子的司机是不是一伙的？他想到了王文强，也想到了别人，窗外的天在他眼皮底下悄悄亮了。在刑警队工作时，有多少个夜晚就是这么过来的，他已经习惯了。

他把小满送到幼儿园之后，便来到了保安室。他前脚刚到保安室，便接到了于浩然的电话，让他马上到他办公室去一下，他知道肯定是因为苏林的事。

他走进于浩然的办公室，看见于浩然背对着门口正向窗外望着。他叫了声：于总。于浩然转过身子，示意他坐在沙发上。他坐下，于浩然走到桌后坐下道：刑警队来电话了，说苏林死了。

于浩然说这话时，脸上却不见半点惊色，平淡得似乎什么也没发生。他做出刚听到这消息的样子问：怎么死的？

于浩然摆了下手道：我和王总商量了，你负责去处理苏林的后事。

他仍盯着于浩然，希望于浩然嘴里多说出些什么来，见于浩然说到这儿便不想往下说了，他站起来：就这些？

于浩然点点头，也从桌后站起来，走到宋杰面前拍了下他肩膀道：宋队长，全公司的人只有你去合适，只能辛苦你了。

他又问：不追查死因吗？

于浩然目光中似乎有什么东西跳了一下道：苏林肯定是自杀的，他的事太多了，一直瞒着公司。

他说：行，那我去刑警队一趟，问问情况。

走到门口的于浩然听了他这话又道：记住，大事化小，小事化了。咱不能给刑警队找麻烦。

他来到刑警队时，已经快十点了。办公室的刑警们见了他，都围过来，队长长队长短地叫着。

他冲大家解释着：我们公司的采购员听说死在你们这儿了。

大家一听涉及案子便不说话了。

小姚说：队长，这事你去问秦队长吧，他在办公室。

他冲兄弟们微笑着点了下头。他理解，不随便当着外人面议论案情这是纪律。昔日的兄弟们看来已经把他当成外人了。

来到秦队长门前，他敲了一下门便推门走了进去，这是以前的习惯。刑警们心里都装着案情，十万火急，便少了那些繁杂的程序。

秦队长在看一份尸检报告。他走到秦队长桌前，秦队长头也不抬：说。这仍是秦队长的风格，看来他把自己当成刑警队的人了。他用手指关节敲了下桌子，秦队长抬起头：是你呀。下意识地把尸检报告反扣在桌子上。他有些失落，从秦队长到昔日的兄弟们，都已经把他当成外人了。他退后一步，和秦队长办公桌保持一定距离。秦队长桌子上放的都是卷宗，是秘密。他不想让秦队长有压力，故意保持点距离。

秦队长热络地把他让到沙发上坐下，顺手又倒了杯茶道：为苏林的事来的吧？

他点点头道：于浩然说你给他打过电话。

秦队长点下头道：你们公司的采购员苏林昨晚死在了看守所。

秦队长拿起桌上的烟甩一支给他，两人点上烟。

秦队长仍没透露死因，桌上那份尸检报告他断定就是苏林的。

他委婉地问：于浩然让我来处理苏林的后事，家属很快就会得到消息，怎么给家属一个交代？

秦队长抬起头道：和于浩然交代过，先不要通知家属，苏林的案子还没结。

他明白了，苏林肯定不是死于自杀，应验了自己早前的判断。他把烟掐灭，烟头仍捏在手里道：看来我不该来。说完向门口走去。

秦队长把他送到门口道：改日我找你去喝酒。

他笑了一下，点下头道：秦队你忙。

他回到长坤公司径直去找于浩然，于浩然不在办公室，秘书告诉他，于总在王总办公室。他又来到王总办公室，敲了门进去。见他回来，王文强盯着他的脸道：怎么样，刑警队的人怎么说？

他看了眼于浩然：刑警队说，苏林的事还没结案，暂时不处理后事。

于浩然说：秦队长通知我说苏林死了，我想咱们是不是应该配合一下，我就让宋队长去打探一下消息。

王文强又追问一句：苏林是怎么死的？

他摇下头道：刑警队的人说，案子没结，不能下结论。

王文强和于浩然对视一眼。于浩然站起来冲宋杰道：宋队长，辛苦了。这儿没你事了。

宋杰告辞，于浩然一直把他送到门口，说了句：我和王总商量下和苏林的家属怎么说。

他冲于浩然笑一下。门在他身后关上了。

当天晚上，宋杰的那部老式手机又响了。高局长说：半小时后，老地方。

他出门前，早早地就安顿小满上床了，床头柜的小灯开着。小满爽快地告诉他：爸，你出门吧，我玩一会儿就睡了。最近也不知怎么了，小满出奇地听话。

他赶到新来茶馆时，高局长已经等在那儿了。他刚坐下，高局长就公事公办地说：苏林死于氰化钾中毒。中毒时抢救过，苏林死前说出了于浩然的名字，但他没来得及说出更多内容，就死了。

这就是高局长要向他通报的内容。

他说：上午我去刑警队了，秦队长没说，我预感到了。

高局长：你一年前追踪的那辆可疑货车，你妻子被害，苏林的死，看来都是一伙人所为。

他冲高局长点下头，期待地望着高局长。

高局长：长坤公司肯定有猫腻，看来我之前的判断是准确的，把你安排在长坤公司也是正确的。你下一步盯紧长坤公司的动向，我要向市局做一个汇报。

他知道要告辞了，站起来。

高局长又补充一句：有事随时给我打电话。说完拍了一下胸兜。

他从茶馆出来，走了一段才在路边叫了辆出租车，他来时也是打车过来的。在关键时候他不能开车，车就是他的身份。

坐在车上，他脑子里又过了一遍这两天于浩然和王文强的反应，他确定了自己的想法。

小　满

小满最近这段日子很乖顺。妈妈刚出车祸时，小满被吓着了。那天，一群孩子站在幼儿园门口等家长来接。他看见穿风衣的妈妈从马路对面走过来，围在妈妈脖子上的红纱巾异常鲜艳。在他的印象里，妈妈是最漂亮的，不仅漂亮，身上还有一股好闻的味道。妈妈过马路时，他已经能清晰地看见妈妈的面孔了，妈妈也已在孩子中找到了他，妈妈的脸也是笑着的。就在这时，一辆飞驰而过的卡车驶来，车很快，快得他没来得及看清妈妈是怎么被撞的，妈妈就飞了出去。红纱巾飘了出去，最后挂在一棵树上。

突然的变故，让小满大叫起来，他拼命地呼喊着：妈妈……老师忙把小满和其他学生带回了教室。那一晚是老师陪他在幼儿园中度过的。他透过窗子向外看，后来老师把窗帘拉上了，他看不见外面的一切了，却能听得到，有警车驶来，还有人们嘈杂的讨论声。天黑了一些，什么都听不到了，他开始哭泣，呼喊着妈妈。后来他躺在午睡的床上睡着了。

爸爸是第二天早晨把他接走的，爸爸还在家，家里就剩下他们两个人了。他带着哭音道：我要妈妈。爸爸红着眼睛说：妈妈去了天堂。他说：不是，我看见妈妈飞起来了。爸爸又纠正道：妈妈飞到天堂里去了。他又问：天堂在哪里？爸爸用手指了一下窗外的天空，然后就一把抱住了他。

没有妈妈的日子他很不习惯，以前都是妈妈叫他起床，给他穿衣服、做早点，送他去幼儿园。现在这一切都由爸爸来完成了。妈妈刚消失的日子里，一直是吴园长和晓雯阿姨照料他，他有些不习惯。可爸爸说：妈妈去了天堂。他不知妈妈何时从天堂回来。他日思夜盼，希望妈妈能够早日回来。

小满想妈妈，平时他不哭，怕爸爸和老师看见不高兴。他只在睡觉时一个人躲在被子里哭，哭着哭着就睡着了，他梦见了妈妈，他梦见妈妈向他飘过来，手里拽着那条红纱巾。他大叫着呼唤妈妈，醒了，泪水汹涌地流下来，他抽泣着，换来的是爸爸的手，伸到他面前为他擦去脸上的泪。爸爸在叹气。

妈妈走后，爸爸给了他一部手机，里面存着爸爸的电话号码，让他有急事找爸爸。以前他没有手机，有事他就让老师给妈妈和爸爸打电话。爸爸妈妈的电话号码他都记得，而且记得死死的，这是他和爸爸妈妈联系的纽带，他记得清晰又准确。有两次他在幼儿园上学时肚子疼，老师带他去打电话，老师不记得妈妈的电话号码，手忙脚乱地去找家长登记表，怎么也找不到，是他把妈妈的电话号码告诉了老师。一会儿，妈妈来接他了，到家后，把一只暖宝宝塞到他衣服里，他又喝了红糖水，肚子一会儿就不疼了。有妈妈的日子是温暖的也是安全的。他是妈妈带大的宝宝，他习惯了妈妈的一切。

他想妈妈，他偷偷地给妈妈打过电话。电话里一个阿姨告诉他拨打的号码已不存在了。怎么可能，明明他记着妈妈的电话号码，妈妈一直用这个电话，怎么就不在了呢？他还记得以前有一次妈妈出差，他想妈妈，给妈妈打过电话。电话里还是这个阿姨，告诉他拨打的电话已关机。后来，他问爸爸，爸爸告诉他妈妈在飞机上，打不通电话。

爸爸告诉他，天堂很远，在天边，在云朵后面，看来妈妈一直在飞机上。那段日子他每天都要给远在天边的妈妈打几次电话。电话里的阿姨总是告诉他电话号码不存在了。

直到有一天，电话突然接通了，对方还没有接，他就冲电话里急切地喊着“妈妈”。电话接通了，果然一个女生说话了，她第一句话是：你是谁呀？

他冲电话那端大声地喊叫着：妈妈，我是小满，你到天堂了吗，什么时候回来？他一口气说完，生怕电话里又传来那个阿姨的声音，告诉他拨打的号码不存在。

对方怔了一下，但还是说道：小满，哪个小满，你是不是打错了？

他急得冲电话里喊：妈妈，我记得你电话，爸爸说你去天堂了，要坐好久的飞机才能到。我天天给你打电话。妈妈，我想你。

对方沉默了一会儿，湿着声音说：妈妈也想你。

从那以后，小满又找到了妈妈。刚开始他觉得电话那端的妈妈很陌生，后来慢慢就熟悉了。

妈妈在电话里告诉他，自己在天堂里出差，让他听爸爸的话。他每次都冲电话里问：妈妈，你什么时候回来？妈妈的电话里有时很吵，有时又很安静。有时妈妈说：妈妈还要工作，小满听话，明天再给妈妈打电话。他知道工作就是忙。他记得以前都睡觉了，爸爸还没回来。他问妈妈：爸爸呢，怎么还不回来？妈妈告诉他，爸爸在工作。他便不等了，闭上眼睛一会儿就睡着了。有时妈妈带着他在小区里玩，看到别人家的小朋友有爸爸也有妈妈在身边，他又问爸爸在哪儿，妈妈还是那句话：爸爸的工作忙。他理解了，忙工作就是很少回家，那会儿一连几天他都见不到爸爸。现在妈妈去了天堂，那里有许多工作。

妈妈在天堂里工作忙，每次接电话时会和他说上一会儿。有时告诉他在忙工作，让他放下电话，他理解妈妈工作忙。

现在爸爸似乎不忙了，每天睁眼爸爸就在厨房给他做早点，有时从外面买回来。他一睁眼就叫爸爸，爸爸在厨房说：小满，穿衣服，洗脸。小满现在大了，他是大班的学生了，自己会穿衣刷牙洗脸了，然后走到厨房里，爸爸把他抱到椅子上，他面前有好多好吃的。可他还想妈妈，他想妈妈在天堂里有吃的吗，一想起妈妈心里就温暖起来，一天就有了盼头。

每天放学，他第一个见到的就是爸爸。有许多小朋友，爸爸妈妈工作忙，一时来不了，他们就只能在班级里等，羡慕地望着窗外，看着别的小朋友被父母接走。爸爸从来没有让他失望过，每次都能准时把他接回家。他盼着早点回家，从来没有这么急切过。他回到家，躲进屋内，爸爸给他端来水果和一杯水，告诉他在家里玩，爸爸还要去工作。爸爸走了，把门从外面反锁上。他盼望着这一刻，他从书包里拿出电话，他要给远在天堂里的妈妈打电话。有时晚上爸爸还没回来，他就躺在被子里跟妈妈说会儿话，和妈妈通话是他的秘密，也是他一天中最快乐的时光。

自从和天堂里的妈妈联系上以后，他对书包里的电话异常珍视。在他眼里，手机里装着妈妈。手机放在书包里，书包里就躺着妈妈。以前他都是不经意地把书包背在身后，现在他上学放学都把小小的书包抱在怀里。书包里藏着他和妈妈的秘密。有秘密的孩子是幸福的，小满的日子有了盼头，有了希望。

马 晓 雯

马晓雯是本市一所中学的化学老师，从小受父母的影响，她热爱教师的职业。父亲马教授是警察学院的老师，母亲是市团委副书记，退休后当了一所幼儿园的园长。从小到大，晓雯的理想就是成为一名老师。

她在上大学时和于浩然一个班，他们的专业是化学。恋爱是从大二下学期开始的。在那个暑假，马晓雯去一家麦当劳打工，碰巧于浩然也在那儿打工。他在她之前就来这里了。之前两人只是同学关系，来往得并不多，碰个照面说句话。有一次在水房打开水时，于浩然排在前面，看见马晓雯提着暖瓶走过来，他招手让马晓雯站到了自己前面。要说接触也就这些。

在麦当劳打工的经历让他们走到了一起，那时马晓雯才知道，于浩然家不在本地，在几百公里外的大山里。于浩然打工的目的是挣下学期的学费，马晓雯是体验生活，目的不一样，但他们却成了暑期勤工俭学的伙伴。

有时上夜班，下班时公共汽车都没有了，于浩然提出送马晓雯回家，马晓雯推托不掉就让于浩然送了。这家麦当劳距马晓雯家不远，步行十几分钟就到了。马晓雯站在小区门口回望着于浩然说：我到了，你怎么办？于浩然一笑道：我有办法，不用管我。挥挥手，转身消失在了街角。几次之后，她才知道于浩然是徒步走回学校的。暑期有少部分同学仍留校，学校为了方便管理，把他们统一安排在了几间宿舍里。暑期不回家的同学有几种情况：首先是那些即将毕业的学生忙着写论文，要在图书馆查资料；有的同学离家太远不想折腾；还有一种，就像于浩然这样，家在外地，又要筹集下学期的学费，只能留在这里打工。

放假的宿舍也有人管理，天一黑，宿舍一楼的大门就锁上了。于浩然每天都回去得晚，宿舍外的大门锁了，他要爬树，是宿舍外的一棵树，长到有三层楼那么高了。爬上树，对面就是宿舍楼的一个公共洗手间，洗手间的窗子常年是打开的。他先爬到和洗手间等高的位置，再纵身跃入洗手间。如此这样，于浩然才能回到自己的宿舍。当马晓雯知道这一切时，惊讶地睁大了眼睛。于浩然淡然一笑道：这都是小事，好多同学都这样。于浩然乐观向上的态度感染了马晓雯，在以后的生活中，她才知道于浩然的口头禅就是那句：这都是小事。她欣赏他的乐观态度。

马晓雯从小到大受到了严格的传统教育，没那么多不着边际的想法。别人把这叫作浪漫。许多女生把自己未来的恋爱对象定位在高大、倜傥、家境要好，这是对生活的向往。马晓雯从小到大，没为吃穿愁过，也没为紧张住房而委屈过。她想象不出没有钱的生活会是什么样。从那学期开始，两人就恋爱了。在以后的每个假期，她都和于浩然一起去打工，快餐店、服装店等等什么都干过。她把自己打工挣的钱都交给了于浩然。于浩然有一次拉着她的手走在大街上，仰起头望着天空说：晓雯，以后等我有了钱，一定让你过上好日子。她依偎在他的胳膊上道：我不要钱，我觉得这样就挺好。于浩然摇摇头，又攥起拳头道：晓雯相信我，我以后一定要成为一个有钱人。

大四的时候，许多人都忙着找工作。学化学的学生其实就业的路子很窄，要么去和化学有关的单位，要么去当老师。马晓雯说过，她要去当老师。简历投给了一些学校。在最后一个学期前的寒假里，于浩然突然有一天对她说：我找到了一家公司实习。马晓雯吃惊地问：太好了，什么公司？于浩然就说出了长坤制药公司的名字。那会儿长坤公司刚刚起步，公司地址在郊区。马晓雯没听过这家公司的名字，但还是替于浩然感到高兴。那个假期，两人几乎没见面，每次两人通电话，于浩然都说公司刚起步，很忙，离市区又远，就不见面了。一个假期两人也没见过面。新学期开学，基本上没什么主课了，即将毕业的学生心里都长了草，有的忙毕业论文，有的忙找工作。于浩然偶尔在学校露个脸，其他时间又跑回郊区去长坤公司上班了。

毕业后马晓雯当上了中学的老师。于浩然去了刚起步的长坤公司，他说刚起步的公司机会多。果然，长坤这家民营制药公司白手起家，从不知名的企业，成长为全省的明星企业。于浩然也从一名销售，到采购部经理，后来升任为公司的副总。于浩然经常乐观地对马晓雯说：王文强王总我们都是创业者，最早创业的人一共有十八个，号称“十八棵青松”。于浩然跟她说：长坤公司有我的股份，我是元老。马晓雯对股份不股份的没什么概念，也不感兴趣，只要于浩然好，她就高兴。

于浩然不仅改变了自己，也改变了父母。他花钱在老家为父母盖起了一栋小楼，在他们老家，他们家是第一个盖楼的。马晓雯随于浩然去过一次他的老家，火车坐到县城，又租了辆车，一离开县城便驶进了大山里，三面环山，只有一条通往外界的山路。车行驶了大约有两三个小时，在一个山坳处，有一个村庄，村庄正中有一个二层小楼，鹤立鸡群的样子。于浩然兴奋地指着那个小楼说：这就是我的家了。她在于浩然老家住了两天，开门见山，抬头望山，从那以后，她理解了于浩然。她心想：要是自己从小住在这里，也会不惜一切代价从这里走出去。旅行时望山看水是种欣赏的心态，长期居于此，只有逃离的念头。大山里的年轻人都进城打工去了，村子里只剩下老人和妇女儿童。村街上，鸡鸭闲散地走着，狗发出抑郁的叫声，炊烟笔直地往上升，似乎也想从这逃离。大山困住了人们的想象力。

许久之后，马晓雯仍能想起于浩然老家的场景。

大学毕业时，马晓雯领着于浩然见过自己的父母。他们回家时，母亲已把饭菜做好了，他们直接上桌了。席间，他们谁也没有谈论于浩然。饭后，于浩然和马晓雯一起收拾碗筷。马教授雷打不动地开始收看《新闻联播》，母亲吴言坐在一旁织毛衣，偶尔抬起头，透过镜框看眼电视。《新闻联播》结束之后又看完了天气预报，马教授把眼镜摘下放到面前的茶几上，才说：晓雯把你的情况说了。

于浩然正襟危坐。

吴言一边织着毛衣一边说：出身好不好无所谓，只要努力肯干，这个社会就有你一席之地。。

于浩然点头。

马教授又说：晓雯是我们唯一的孩子。

吴言说：只要晓雯认准的事，我们没意见。

于浩然很惊奇两位老人的聊天方式，像说相声一样，马教授说上半句，吴园长说下半句。

马教授还说：年轻人一定要走正道，干成什么样子就看自己的造化。

吴言说：工作是谋生的手段，家才是你的落脚点。

马教授说：晓雯是我们一家人的寄托。

吴言说：从小到大我们没娇惯她，但也没让她受过委屈。

……

那次于浩然离开马晓雯家，马晓雯送于浩然出门。于浩然望着马晓雯的眼睛说：未来我一定要让你过上好日子。

马晓雯笑了笑。听了这话，她内心是高兴的，任何女孩子，都希望听到心爱的男人对自己海誓山盟。

于浩然果然说到做到，他的财富和努力是成正比的。长坤公司搬到市内之后，于浩然先是在城里买了房，一百多平米，三室一厅。后来又买了车，车先是十几万的德系车，后来又换了一辆奔驰。于浩然成功了，他现在是长坤公司举足轻重的人物。当谈起这些时，他轻描淡写地说：这都是小事。他给马晓雯描绘过，再过两年公司就要上市了。那时候他就是上市公司的股东了，会有花不完的钱。

房子早就买好了，他们毕业也有几年了，该结婚了，马晓雯却犹豫起来。

她有的不是对未来美好的憧憬，而是恐惧。

马 教 授

马教授是法律系毕业生，毕业后在省公安厅工作，那会儿他坐机关。后来他又考上了政法大学的研究生，毕业之后，又回到公安局工作了一阵子。那会儿他在专业报纸和刊物上发表了许多法学方面的文章，被称为法学专家。如果他一直在机关工作下去，也许会成为一名领导。后来他不甘于在机关这么工作，又考上了博士，这次主攻的是刑法。毕业后他就申请来到了警察学院当老师。几年下来，他就从副教授变成了教授，从公安厅到市局有许多他教过的学生。在省公安系统中他变成了教父级的人物。公安厅厅长见到他都要上前打招呼，尊称一声“马老师”。

他天生一副教授的形象，在四十多岁时，头发差不多就白了，五十出头时，他已经是满头白发了，很符合教授的身份。

他结婚晚，要孩子也晚，马晓雯出生时，马教授已经三十八岁了。年轻时工作学习忙，不打算要孩子，甚至也没觉得生孩子有什么好处。三十八岁孩子出生时，马教授一反常态，性情大变，有种老来得子的感受。年纪稍大的男人对生命的体悟已不是年轻人那样漫不经心了。随着马晓雯的逐渐长大，他又当爹又当娘，妻子那会儿在团市委工作，经常外出调研，照顾晓雯的责任都落在马教授身上。他每天去幼儿园接晓雯，看到晓雯从幼儿园大门里跑出来，似乎看到一个新生命向他奔过来，他的一颗心都融化了。

有一次，他和一个学生家长早到了一些，幼儿园的大门还没有开，他引颈向里面急切地张望，一会儿看表一会儿看门。那位家长和他不熟，便搭讪道：老同志，来接孙子呀？四十出头的马教授头发已经花白了大半了，他没答话，只是笑一笑。当幼儿园大门打开，晓雯冲出来，一边喊爸爸，一边扑进他的怀里。刚才和他打招呼的那个家长满脸不好意思，一边牵着孩子走，一边向他这里张望。

晓雯上学了，辅导功课的任务就落在了他的头上。他在警察学院当老师，只要没课，晚点去早点去学院也没有严格规定，尤其是对马教授这种德高望重的教授，更是睁只眼闭只眼。有几次学院领导调整，省公安厅领导曾经找过他，希望马教授能当学院的领导。马教授是省里的法学专家，刑法改革时，他曾被请到北京专门参与了相关的讨论。后来人们都说，新出台的国家法律有一份功劳是马教授的。这种说法一点儿也不为过。

马教授也曾作为法律专家多次受邀参加省里的人大会议，对省里的工作给予了极大的帮助。他和历届的省长、省委书记都有合影。他把这些合影放在抽屉里，从不示人。

他的论文经常发表，有许多次他论文中的观点被新华社的记者写在内参上，上报给中央有关决策部门。他的威望与日俱增。

当领导暗示他时，他谢绝了领导的好意，决不当领导，只当一名教书育人的教授。

晓雯从小学到中学，他都一路这么陪过来。爱人后来成了团市委的领导，经常开会加班，很少有时间照顾他和晓雯。这么多年来，他又当爹又当娘。他对晓雯的感情比对爱人还深。晓雯的学习成绩很好，本来有机会考上北京的大学，当晓雯填写高考志愿时，他却坚持让晓雯考本省的大学。他离不开女儿，他要天天都能看到女儿才放心。晓雯大学毕业时，他六十岁了。因为他的身份在学院里举足轻重，院领导研究决定，让他延迟退休，又报请公安厅批准，很快延迟退休的命令下来了，他只能继续当着教授。他现在只带研究生了，大课一年就上几次，是在报告大厅里给全院学生做报告。不论新生还是高年级的学生，都想聆听马教授的思想精华，上千人的报告大厅总是座无虚席。德高望重的马教授享受着人生的华彩。

老伴几年前就退休了，却闲不住，干了一辈子机关工作，闲在家里就不会生活了，和几个退休的朋友合伙开了家幼儿园，她是园长，早出晚归和孩子们在一起。老伴说：年轻时没带过孩子，到老了一定要把这遗憾补上。老伴把余下的时光一心扑在了别人家的孩子身上。

宋杰就是马教授最得意也最喜欢的学生之一。宋杰过年过节时一定来家里看他，尤其是教师节，就是没空也会打个电话发个短信问候一下。

宋杰的妻子出车祸，马教授是第一个知道的。宋杰的孩子小满就在老伴开的那家幼儿园，宋杰的爱人杨雪每次来接小满时，见到老伴都会打招呼。杨雪以前是吴言的下级，两家的关系非比寻常。当初宋杰有条件把孩子送到其他幼儿园，正是因为和马教授以及吴园长的关系，宋杰毫不迟疑地把小满送到了吴言办的幼儿园。多年前养成的习惯，他每次来到马教授家，都管马教授的夫人叫老师。

那个肇事司机在拘留所时，被宋杰暴打。这事马教授也听说过，没想到宋杰因此受到了最严厉的处分，离开了刑警队。马教授为宋杰这事特意找过高龙彬，指责高局长不应该把宋杰开除。高龙彬也当过马教授的学生，只能赔着笑道：这是党委的决定。马教授犟劲上来了，说要找厅领导反映。

事后，反倒是宋杰亲自上门安抚马教授，说自己现在挺好的，收入比干警察还多呢。马教授只剩下叹息，一遍一遍地道：宋杰，你是刑警中的人才，办案有经验，你离开是警察队伍的损失。

宋杰笑笑道：老师，人挪活树挪死，我也想换个环境了。杨雪不在了，我还要照顾小满。

马教授想到宋杰的儿子，就不说话了。

宋杰的爱人杨雪在团市委工作，那年大学刚毕业就到了团市委。他们的婚姻还是他和老伴撮合的。那是个星期天，他把宋杰约到家里，老伴把杨雪约来，他包的饺子。两人吃完饺子，老伴就说：你们出去走走吧。两人就这么开始了恋爱。

杨雪去世后，宋杰去过几次马教授家，马教授又一次为宋杰包了饺子，席间，还拿出酒和宋杰喝了几口。他问宋杰：以后怎么打算？

宋杰平静地说：平平安安把小满带大，这是我的责任。

马教授想到了女儿晓雯，就有了许多感触。

吴老师在一旁也说：小宋，你一个人带孩子，这样下去怎么行，再找个吧，帮你一把，小满不能没个妈。

宋杰苦笑着摇摇头道：吴老师，我现在挺好的，长坤公司对我不错，我有时间带小满。说这话时，他把秘密埋在心间，这是纪律，不能对第二人说起。

马教授看着昔日的弟子沦落到当了一名保安，又不平地道：这个高龙彬，他不该这么处理你。

宋杰端起酒杯道：老师，过去了，不提了。我现在挺好的。

宋杰走后，马教授和老伴有了如下的对话。

马教授：宋杰这么优秀的刑警可惜了，他是干刑警的料。

吴老师：妻子出车祸，他又受了处分，小宋不容易。

马教授：宋杰的事你想着点，有合适的人帮忙介绍一下。

吴老师：现在小宋肯定没这个心思，再等等吧。

马教授又感叹：这个高龙彬下手太狠了。

他对宋杰的处境耿耿于怀。

马晓雯和小满

马晓雯的恋爱很单纯，大二时和于浩然交往。她怀恋大学生活，更加怀恋大学时的爱情。假期里每天打完工，于浩然一直把她送到小区门口，在路上，两人并不说什么，牵着手望天上的星星。路上偶尔有车经过，他们尽量靠向路边，让身后的车过去。于浩然站在小区门口，一直看着她走进去，一直望不到才离去。有一次，她故意躲在一棵树后，看到于浩然踮着脚向里面张望，他的身子立在那里，望了一会儿，又望了一会儿，才转过身去，却一步三回头。马晓雯在树后看到这个场景流泪了，那会儿她是幸福的。有这么个男孩一直陪伴在自己身边，想想心里都是暖的甜的。她每天在梦中醒来，第一件事就会想起于浩然，瘦瘦高高的个子，脸有些苍白，戴着眼镜，眼神里有些怯懦。在恋爱的人眼中，对方的一切都是勾人心魄的。第二天早早就醒来，立刻起床，梳洗，巴不得马上出门见到心爱的人。

恋爱是美好的，爱情也是短暂的。大学毕业后，于浩然去了长坤公司。刚起步的长坤公司只有十几个人，远在郊区，办公地点在一个小镇上。她去那里看望过于浩然，要换三次公交车，单程也得近三个小时车程。那会儿，于浩然是公司的技术员，两个月没见，他瘦了，脸色不再苍白，而是变成了黑色。她当时看到于浩然这个样子，急得劝于浩然：要不咱们换一家公司吧。于浩然笑一笑道：我在押宝，这个公司成了，我就是创业的元老，我会有公司的原始股份的。

她理解于浩然想挣钱，挣很多的钱。他现在不上学了，不为学费而打工了，那两年她把自己所有打工挣到的钱都帮他交了学费。她打工不是为了挣钱，父母的意思是让她更多地接触社会，对她挣多少钱完全不在意，所以和于浩然不一样。

于浩然在长坤公司创业的日子里，他们有时好久也见不上一面，只在晚上打会儿电话。于浩然后来当上了公司的销售，偶尔会来到城里，在办完事之后，两人匆忙见上一面，没说几句话，他又要坐末班车回公司了。现在是她送他，在公共汽车站，挤进末班车里去，在车窗里他冲她招手微笑。车远去了，一直到看不见，她才往回走。她想起当年打工时他送她回家时的情景，望着已经看不见的公共汽车，吸着空气里仅剩的汽车尾气味道，一步步向家走去。

毕业后，许多同学都传来结婚的消息，还把婚礼现场的照片发过来。她羡慕别人。她几次和于浩然提过结婚的事，于浩然总是扶下眼镜道：现在条件不允许呀，等我创业有点儿成绩吧。到时我把婚礼布置得漂漂亮亮的，谁也不会小瞧咱们。她不想要多么隆重的婚礼，只想要踏实的日子，只要跟于浩然在一起，喝水都是甜的。

终于，于浩然进城了。此时的长坤公司已经不是以前的小公司了，在城里买下了一块地，不仅盖起了办公楼，还建了车间。几年努力，长坤公司成功了，公司开始招兵买马，一转眼公司发展到了有了几百号人马了，成了市里省里的重点企业。市里和省里的领导都到公司检查过工作。于浩然摇身一变成了公司的副总经理，和他们同时创业的十几个人也各司其职。

马晓雯为于浩然感到高兴，她不在乎他当多大领导、挣多少钱，只想着自己能和于浩然朝夕相处，早日成为一家人。

当他们再次走近时，她突然发现于浩然变了，变得野心勃勃。当年那个单纯的学生，变成了社会上的一个成功者。眼前的一切还不能满足他的胃口，此时于浩然的梦想是把公司搞上市，那会儿他就是上市公司的老总了，他在公司所占的股份会让他身家几个亿。

她不想要钱，只想要于浩然这个人。如果于浩然只是单纯的野心大了，她并不吃惊。然而她发现他开始吸毒了。是什么毒她不知道，他也不会当着她的面吸毒。

最初发现他吸毒，是一天晚上，他说好回来和她一起吃饭，她下班之后买了菜，早早来到于浩然新买的房子里，把饭菜做好了。她给他发短信，他不回，打电话也不接。她以为他是在加班。直到快半夜了，他才回来，脸色疲惫，神情却亢奋着。她让他吃饭，他说吃过了，便开始胡言乱语。他说自己能和神对话，握过神的手，神的手又宽又大。她发现他的床头不知何时多了几本关于佛教的书，她并没在意，宗教是门学问，多看点书有好处。她当时只这么想。

她以为他喝多了酒，但他身上却没有酒味，又一直胡言乱语，还说自己是神派来的，让他拯救地球。他嘴里一遍遍喃喃着说，最后倒在沙发上睡着了。她扶他起来去床上，闻到他身上有一股奇怪的味道。她把他扶到床上，关了灯，下楼打车离开了。

第二天，他却给她打电话说：昨天家里是不是来了田螺姑娘，桌子上怎么有饭菜？

他把昨天的一切都忘得一干二净了。

后来，她又几次闻到他身上那种古怪的气味，一有这种气味，他便开始做白日梦，眼里泛着无比安详和幸福的神情。

她终于忍不住问：你是不是吸毒了？

他不说话，只冲她笑，笑容很灿烂也很可爱。半晌才道：什么毒，说得那么难听，是种跟神交流的工具。

在他清醒时，她又问过他这一问题。他警觉地否认道：别胡说，我怎么会吸毒呢！她的目光审视地望着他，半晌，他想躲开她的目光，她的目光却无处不在。他低下头说：是我们公司的实验药品，不是毒品。他否定了她的疑问。

从那以后，她开始研究毒品，在书上查，在百度里查。他的症状无一不吻合。弄明白之后，她的心突然冷了。她开始生气，和他吵架。他哄她，哄小孩一样，发誓自己再也不会碰那东西了。

她又问：什么时候开始的？

他怔一下道：在小孤山镇时，偶尔学别人的样子尝一尝。说这些时，他垂着头，像一个做错事的孩子。然后他又流泪，跪在她面前抽自己耳光，后悔之情溢于言表。她又一次原谅了他，和他抱在一起痛哭失声。他发誓道：我一定戒，然后和你结婚。

她现在有点明白了，他们迟迟没有结婚，是因为他在吸毒，他在犹豫挣扎，只能一次次推托婚事。

她在等待他变回以前的于浩然，不再让她感到陌生和害怕。甚至一连几天，她都不敢见他，她怕又看见于浩然吸毒后的样子，让她的梦碎了。关于结婚的事，父母多次催过她。她每次都说：浩然创业忙，再等等。有时又说：我们还年轻，不着急。其实她心里比谁都急。

有一天，她发现自己怀孕了，刚开始只是怀疑，最后她去了医院做了化验才证实自己的怀疑。在这期间，她又发现了于浩然吸毒，回来时仍然和每次吸毒一样。他跪在自己面前，让她抽自己耳光。她失望地望着他，他自己抽自己，耳光响亮，忏悔之心虔诚。她只能又一次无奈。一连多日，她没有再去见他，他发信息不回，打电话也不接。最终她狠心去医院做了流产。她常常想到那个尚未见过这个世界的小生命，每次想起，她心里都难过伤心。

有一天放学后，她在办公室里批作业，突然一个陌生号码打进来。对面一个孩子的声音突然叫了一声：妈妈，你出差怎么还不回来呀，天堂里好吗……她在最初的那一瞬，以为是哪个孩子打错了电话，错把她当成了妈妈。她试探地问了一声：你是谁呀？孩子就说：妈妈，我是小满呀。妈妈，你忘了我了吗？孩子在电话那端开始啜泣。她的心突然一下子软了，崩塌了。

她意识到小满是谁了。

她上高中时就认识了宋杰，宋杰是那届警院学生中父亲最喜欢的学生之一。节假日时，总会有几个学生来家里，聚在父亲的书房里谈天说地。有几次，宋杰还送过她礼物，有熊猫布偶，还有几只玻璃手串……因为这些礼物，她对宋杰印象很深。

一直到宋杰大学毕业，那会儿她已经上高三了，宋杰还到家里来。这次来，他不再送那些玩具了，送给她的是一些高考复习资料。宋杰说这是当年自己高考时用过的。果然书里做了许多标记，勾勾画画的符号。父亲说：宋杰以高分考上了警察学院，他的分数足可以考取北京的一流大学。她那会儿很好奇，考这么高分为什么不去北京呢？她对北京充满了向往。她小学毕业时，父亲去北京开会，带她一同去了。她和父亲住在天安门旁边公安部的招待所里，白天父亲去开会，她独自离开招待所来到了天安门，天安门是她见过最大的广场，站在广场上望着天安门，是那么端庄宏伟。她还看了升旗，当国旗升起的那一刻，她感动得流出了眼泪。她发现看升旗的人群中，许多人都泪眼蒙眬，那会儿她突然明白了什么叫祖国。

会议结束后，父亲带她去爬了长城，逛了故宫，也逛了颐和园和圆明园。那会儿她认识了北京，只感觉北京又大又厚重，那一次旅行，让她记住了北京。

后来有一次宋杰来家里，她说：宋哥，你考那么高的分，为什么没去北京的大学？宋杰温和地望着她道：我喜欢警察这个职业。面对他的选择，她哑然了。

她上大学时一个周末回家，发现宋杰也在，还有一个叫杨雪的姐姐。杨雪之前她也见过，是母亲在团市委的同事。那天父亲包了饺子，吃完之后，母亲就让两人出门遛弯去了。她问母亲：妈，你是给杨雪姐和宋杰哥介绍男女朋友吗？母亲对她呲了句：小孩子别管闲事。那会儿她对爱情充满了好奇。她也算是宋杰和杨雪婚姻的见证者。

后来，他们又有了孩子叫小满，她觉得这名字挺逗的。杨雪姐抱着孩子来家里，她见过小满，胖嘟嘟的一个男孩，不哭不闹，拿眼睛惊奇地望着她的眼睛。这是她第一次抱这么小的孩子，浑身像过电一样。

杨雪姐还开玩笑地对她说：晓雯抓紧结婚吧，你也会有自己的孩子。当时闹了她一个大红脸，那会儿她在大学最后一个学期，正在实习。

不久，母亲退休办起了幼儿园，她听说小满被送到了母亲这家幼儿园。

杨雪姐出事，是她晚上回家时听父母说的。父母没做饭，就呆坐在客厅里，她一进门就意识到出事了。她刚一开口，母亲就抢过话茬道：你杨雪姐出事了。她下班接孩子，刚过马路就被一辆车撞倒了，救护车来时人事不省。母亲是压低声音说的，并用手向屋内指了指，她这才发现屋门关着。她轻轻推开门，看见小满睡在自己床上，梦中仍然哭泣着，小手一抽一抽地在动。后来，母亲又把小满接来家里几次，她看到小满心里就难过。她是在父母双全的家庭长大的孩子，她想象不出单亲家庭长大的孩子该怎么过。她只是替小满揪心着，可怜着。

小满在电话里又一次问：天堂在哪里，远吗？

她擦掉眼泪，久久才冲电话里的小满道：天堂在天边，很远，等你长大了，妈妈就回来了。她只能这样哄骗孩子。她相信，等小满大了就会明白的。

她每次接到小满电话，都努力找一处僻静的地方和孩子聊上一会儿。她明白小满对母亲的思念。她半个月前换了一次电话号码，谁知道阴差阳错地竟换成了杨雪生前用过的电话号码。她在心里说：也许这就是天意吧。

她的手机莫名其妙地丢了，自己都不知为什么，索性注销了以前的号码，又换了一个新号码。鬼使神差地，她竟和小满联系上了。每次打电话，她想象着小满在电话那端的样子，心里就潮湿一片。她想：要是自己的孩子不打掉，也该生了，自己就是当妈妈的人了。电话里小满一声声叫着妈妈，她整个人就一塌糊涂了，仿佛听到了那个夭折孩子的叫声。

从那以后，她只要接到小满的电话，便会躲到一个没人的地方和小满聊天。她的语气更像杨雪了。小满放学都是傍晚，大部分时间都是她在老师办公室批改作业的时间。她接到小满电话便走出教室，来到操场上。还有几个男生在操场上踢足球，其他学生都放学回家了，整个学校空空荡荡，一切都安静下来。她在电话里安慰着小满，也鼓励着小满，同时一遍遍地说：要听爸爸的话。天凉了要加衣服，多吃饭，少喝饮料。小满乖乖地一遍遍地应了。放下电话后，她心里既幸福又心酸。这么小的孩子就失去了母亲，她也想到了宋杰，又当爹又当娘，真不容易。

她曾跟母亲说过，让母亲再帮宋杰介绍一个女朋友。母亲说：你爸和宋杰说过，宋杰不同意。母亲说到这儿叹了口气。晓雯几次想把和小满通电话的事告诉母亲，又担心母亲说破了。她不想让小满失去希望，这是孩子的梦，索性就没和母亲说。她把秘密藏在心里，为小满留着。

有几次，她特意在幼儿园放学前来看小满，给他带去了礼物，有吃的，有用的。小满一遍遍地说：谢谢晓雯阿姨。看到小满欢喜的样子，她心里又一次为小满难过了。

果然在电话里小满就说：妈妈，今天晓雯阿姨给我带礼物了，有我最爱吃的黑森林蛋糕，还有巧克力，还有一个毛绒小熊，我可喜欢了。妈妈，天堂里冷不冷，你出差时衣服带够了吗？妈妈，我好想吃你做的鸡蛋糕，爸爸不会做。妈妈，你快点回来吧，爸爸一个人挺累的……她挂断电话时，差点哭出了声，不知是为杨雪还是为小满，抑或是为了宋杰。那些日子，一想起小满她心里就潮潮的。在电话里她了解小满喜欢吃什么、玩什么，她尽量满足他。

一个周末，宋杰带着小满来到家里，对她说：晓雯，以后少给孩子买东西，孩子都被惯坏了。

她笑笑道：宋杰，你不用担心，杨雪姐在也会这么做的。

她意识到自己说漏了嘴，忙去看小满。好在小满正在沙发上看动画片。她松了口气才道：宋杰，你别客气，我应该的。

宋杰就说：等你结婚时，我再还你这个人情吧。

她听了宋杰的话，心情一下子复杂起来。她不再说话了。以前她对爱情和婚姻充满了幻想，现在一下子放空了自己。于浩然是起点，也是终点。

头　绪

高龙彬又和宋杰在新来茶馆碰了一次面。此时的高局长一脸严肃。

在这之前，宋杰也基本将案件理出了头绪。自己在执行可疑车辆跟踪任务时妻子出了车祸，那会儿他只是怀疑这两件事一定有联系，审问司机时却没有任何口供，唯一的说辞是司机开车时打盹儿了。按照这种说法，这是起意外交通事故，司机被判了两年有期徒刑。判刑的原因是司机酒驾。如果是单纯的意外交通事故，司机在没有逃逸的情况下积极救护伤员进行赔偿，不会有这么重的处罚。除非有严重的违章行为。

面对肇事司机一副死猪不怕开水烫的样子，他一时没有压抑住自己的怒火，把司机暴打了一顿，因此离开了刑警队。也正是因为这次冲动才有机会潜入长坤公司。

不料，采购员苏林却在拘留期间死在了拘留所，一时间所有媒体都将焦点集中在了分局。不明真相的人把矛头指向分局，纷纷传言是他们逼供苏林造成的这一结果。在案情公布之前，分局即便长了一千张嘴也洗不白自己了。

这一段时间，市局和省厅都把压力给了高龙彬，指示尽快破案，给人民群众一个真相。

宋杰进到茶馆包间时，还想客气地和高局长打个招呼，高局长摆摆手，指了下对面椅子道：坐吧。

他坐在高局长对面，几日没见，高局长似乎又老了一些，鬓边又多了几缕白发，眼里血丝密布。他正在吸烟，平时很少能有人看到高局长吸烟。高局长开门见山地说：我们中间出现了内鬼，有人策划了苏林的死，把压力甩给了我们。司机的家属我们已盯出了结果，他小舅子账户里收到五十万元。现在钱已取出，送到了司机家里。

宋杰嘘了口气，这一结果终于证实了他的判断。

高局长说：我们立马对司机的家属进行收审。肇事司机不吐口，我们会在他家属身上打开突破口。另外，苏林出事当天，接触到苏林的那几个人，我们也已经采取了措施。现在最大怀疑对象是内勤的王彪，出事之前他和苏林见过面，看守说两人说过几句话。尸检时，我们在苏林胃里查出了氰化钾剧毒药物，看来王彪有重大嫌疑。我们已报市局，对王彪采取必要措施。

高局长说到的王彪，宋杰认识，以前在外勤干过，后来年纪大了，腿脚不太好，就调到了内勤，在看守所做协警。

他注视着高局长，他了解高局长的办事风格，案件有了眉目，下一步就是下令收网了。果然，高局长道：你的任务是盯紧长坤公司的王文强和于浩然，他们的一举一动你都要掌握。我已经向市局做了汇报，市局在省厅做了备案，机场、码头禁止二人出境，防止他们外逃。

直到这时，高局长才长嘘一口气道：不出意外的话，肇事司机的家属已经到案了。说完起身向外走去。

他把高局长送到门口，听见高局长和茶馆服务员打了声招呼，走出去几分钟之后，他才离开，直奔公司。多年养成的习惯，每当有案情出现时，他都非常亢奋，所有的动作都一气呵成。他明白他肩上的担子。在刑警队时，长坤公司就是他们重点照顾的对象，短短的几年时间，长坤公司从在山沟里收购中草药起家，转眼成了全市全省的著名企业，公司的飞速扩张已经引起了人们的注意，当然也包括分局的注意。有内线报告说，长坤公司涉嫌制毒，但到目前为止，并没有确凿证据，只能暗中取证。撞死妻子的肇事司机浮出水面，苏林的死有了结果，看来案子即将水落石出了。

宋杰来到公司时，看到王文强正站在保安室门口。他把车停好，迎着王文强走去，远远地叫一声：王总，找我有事？

王文强看下表道：是送孩子去了吧？

他说：和幼儿园老师说了会儿话，耽误了一会儿。

王文强小声地说：苏林家属在会议室里，你跟我去一下，看看怎么处理。

他跟随在王文强身后，向公司大楼走去。这是一幢十几层高的楼房，公司机关的人并不多，除了一二楼做了库房之外，机关人员大部分集中在三四五楼办公。五层以上一直在空闲着。他刚到长坤公司时，曾问过王文强。王文强望着那几层空闲的楼道：原本想着把这些房子租出去，公司的主要领导反对，怕太闹，所以就闲在那儿。以后公司还要壮大，会用得上的。他曾想偷偷地去五层以上的楼层看看，可没去成，电梯到了五层之后就上不去了。他也想爬楼梯上去，可五层以上的楼梯被铁栅栏隔断了，有个铁门，被一把锁锁住了。

长坤公司办公的地方，在静海区中心偏远一点的地方，隔壁不远处是一个综合商场。商场里很热闹，他们这儿却很冷清，值夜班时，整个楼很安静，看不出异样。院子一大半地方是制药车间，工人们三班倒，川流不息，很热闹。

省里制药局、工商、环保、消防的人员经常到车间里来检查各项工作，一切都符合操作规范，并没有发现异常。

他随王总来到了五楼的会议室。会议室居楼层的中间位置。顺着会议室是各位老总的办公室，王总的办公室在最东顶头的位置。宋杰去过几次，是个套间，外间办公，里间是个休息室，一张单人床，还有一间洗手间。别的一切也正常。

王总推开会议室门前，叹了口气，摇摇头说：苏林的爱人可怜呢。

推开门，办公室一侧的椅子上坐着一个三十岁左右的女人，怀里抱着一个一两岁的孩子。女人的眼睛红肿着，泪水仍在脸上挂着。宋杰没见过这个女人，却经常见苏林。苏林每天下班都在大门口经过，只要见到他总会招下手，然后走出大门，到商场那里去坐公共汽车。

王总坐下来，坐在女人的对面，拉着宋杰也坐下。

王总说：小孟，这是宋队长。宋队长之前在公安局做刑警队队长。公安局那里他熟悉，苏林死在公安局的看守所，我们一定要讨一个说法。

女人开始哭泣，泪水滂沱地落下来。

王总又说：小苏意外去世了，公司的人也很痛心。我们研究决定，不管苏林是怎么死的，先资助一下你们的生活费，一会儿你去财务把手续办了。我们还要找公安局讨说法。苏林死在公安局就是公安局的责任，我们会要个说法，小孟，苏林是我们公司的员工，我们会负责到底的。

小孟这个女人把头抬起来，目光转到宋杰的脸上，叫了声：宋队长，拜托了，我们家苏林是好人，他死在公安局，一定是公安局的人逼供把他打死的。

小孟说到这儿，泪又一次汹涌地流下来，哽咽道：苏林太可怜了，你们公司一定要为苏林讨个说法呀。

王总把电话打到财务，一个中年妇女搀扶着小孟走出会议室。她突然在门口停住了，回过身，一下子跪下了，头磕在地上，怀里的孩子醒了，发出哭声。小孟哀哀地说：王总，宋队长，拜托你们了。一定给我们苏林讨个说法呀，人可不能这么不明不白地死了呀。

宋杰忙上前和管财务的中年女人一起把小孟扶了起来。

宋杰再次回身时，看见王文强在拭泪。他走过去叫了声：王总。

王文强示意宋杰坐下，从兜里掏出一张打印好的纸说：这是公司给公安局彻查苏林死因的申请。拜托你把这份申请送给公安局。

宋杰接过这份申请，看见落款处盖着公司的章，他把申请揣在怀里说：王总，我一定把这份申请送到。

王文强叹口气道：刚才你看到了，苏林的家属没有工作，全家就靠苏林养活，苏林不明不白地死在了公安局，可怜呢。

此时，静海地区的网络媒体上铺天盖地地都是讨论苏林死因的文章。不明真相的群众把矛头直接指向了公安局。宋杰知道，在没有结案之前，公安局不可能把真相告诉群众，只能公安局自己背这个黑锅，以前也多次遇到过这样的事件。

此时，长坤公司又把彻查苏林死因的申请交给他，对公安局来说，无疑是火上浇油。

他知道，分局上下，一定是同仇敌忾的样子，会忙得一塌糊涂，但却不是混乱，只是在案件上会加大力度，刑警队的兄弟们几个通宵不会合眼。此时的宋杰，异常思念自己的刑警队。

父　亲

知女莫如父。

马晓雯情绪上的一点变化都逃不过父亲马教授的眼睛。从小到大，马晓雯从来没有离开过他的眼皮底下。在马教授的生命里，马晓雯是他的支柱。

有几次马晓雯红着眼睛，情绪不高地回到家里。马教授关心地问：怎么了晓雯？马晓雯不说话，只是说自己累了，便走进房间关上了门。马教授便如坐针毡，他了解晓雯，她身上的一举一动就是情绪的晴雨表。

这大半年来，她像变了一个人，经常情绪不高。

她经常和于浩然吵架，还是为了吸毒的事。每次她劝他把毒戒掉，他都答应得好好的，甚至跪在她面前，抽自己的耳光，信誓旦旦地说，自己不戒毒猪狗不如。可几日之后，又发现他吸毒了，于是他又跪下，又抽自己耳光，再一次发毒誓。几次之后，他开始隔三岔五地消失，她明白，他是在吸毒时躲着她。

马晓雯可以说是个很痴情又念旧的女子，她也想过就此和于浩然分手。她尝试着这么做过，可一离开他几日，脑子里想的都是他的好。两人打工时，他们吃快餐，每次他都给她买贵的，里面有肉的，他自己买最便宜的。吃饭时，她把肉夹给他，他又夹回来，说自己上火不爱吃肉。一次次下夜班时，没了公交车，他步行把她送回家。路过冷饮店，都会跑进去，给她买冰水或者一根冰棍，自己不吃，让她吃。送到小区门口，他才分手告别，多少次走进小区，看到他还在小区门口目送她往回走，看她回头了，就抬起手来冲她挥舞着。

有时到家，她都躺下了，看眼时间，知道他还在路上走着呢。每次她迷迷糊糊睡到第二天早晨，才看见手机上他给她发的信息：我到学校了，放心，晚安。

有几次，他宿舍楼上洗手间的窗子被打扫卫生的大叔关上了，他只能露宿街头。夏天他就躺在校园的排椅上，冬天他只能去网吧待着。这一切，都是毕业以后他告诉她的。他把这一切当成了对自己的考验。他一直对她说：一个人成功前，先练其筋骨，苦其意志。他一直用这句话激励自己。

毕业后，他去了长坤公司。那会儿的长坤公司没什么名气，还在郊区小孤山的山坳里。她去过一次，到小孤山镇要换三次车，下了车还要走上一阵子。在山坡上，有一溜平房，还有几间办公室，平房里装满了收购的中草药。他是学化学的，到山里收购中草药和他的专业一点关系也没有。她劝他离开，去找下一份工作。他不同意，两眼闪着亮光道：我们是在创业，一切都会好的。有时他为了来看她，下班后坐上公共汽车，进到城里已经八点了。他们在她家小区门口的快餐店里见上一面，他吃碗面条，然后擦擦嘴说：我吃好了。她知道，他马上就得走了，再晚就赶不上回去的末班车了。两人来到公共汽车站，依偎着站立一会儿，她那会儿多么希望两人就这么一直站下去呀，可公共汽车还是来了，他上车前，把一个厚厚的信封塞到她手里道：这是我这个月的工资，你收好。然后跳上公共汽车，跑到汽车的尾部，透过车窗一直向她招手。为了这样一组组的画面，她经常感动得热泪盈眶。

她曾经问过他毒品从哪儿来的，他支吾着道：公司成立了一个化学车间，我是工程师，接触化学的东西多了。她吃惊地望着他。他说：药的好坏，我要去品尝的。她也是学化学的，知道化学是怎么回事，道：你们公司是生产毒品的？他忙解释道：不，是麻醉品。为了这张执照，王总跑了一年省里才批下来。我负责车间的生产，这事和别人没有关系。

面对他的解释，她无语了。

她一直坚持相信他，一次次希望他戒了毒，可等来的又是一样的结果。他每个月都把一部分工资交给她，她没花那些工资，以他们两人的名字在银行开了一个户。那些钱就存在银行里。她希望有一天他们结婚用。毕业这么久，一个个同学都结婚了。刚开始，同学结婚她每次都参加，去当伴娘。别人都成了新娘，唯有她还是未婚。有的同学孩子都上幼儿园了，有几对离了婚，又结了婚，可她还没动静。后来，再接到结婚请柬时，她便不再参加了，伴娘的身份让她尴尬难过。

她对于浩然的感情周而复始地陷入了深深的痛苦中。

不吸毒的于浩然跟正常人没什么两样，带她去看电影，去餐厅，每次都点一堆好吃的。他笑着对她说：晓雯，不比从前了，我说过我要让你过上好日子。

他们恋爱时，她第一次带他来家里，送他出门时，他就说过这样的话。

他又在城里买了房，买了车，装修完成后，他把她带到新房门口，把钥匙交到她手上说：这就是咱们的房子。进门后，变戏法似的从抽屉里拿出一个房产证，展开，上面写的却是她的名字。

他兑现着自己的诺言，然而另一种痛苦却折磨着她。她见他靠自己的力量无法戒掉毒瘾，便劝他去戒毒所。她发现他吸毒后，查阅了许多资料，包括吸毒的危害，如何戒毒。她差不多都成了一个毒品专家了。每次见面都要劝他，每次他都会打住她的话：现在长坤公司是省里市里的明星企业，正忙着上市。我这时去戒毒，这不是给企业打脸吗，那样的结果你想过吗？还有谁相信我们企业？他马上话锋一转，又说：等忙过这阵子，公司一上市，我就离开公司，专心去戒毒。

她为了他戒毒，曾把他关在房间内三天。他的毒瘾上来了，先是求她，最后跪在她面前，鼻涕一把泪一把地哀求着。她铁下心就是不开门，他就像魔鬼附体一样要从窗子往外跳，十几层楼高的房子，他都站到窗台上了，她抱住了他。最后还是打开门，他一溜烟地消失在楼道里，她站在窗前，看见他像病人似的佝偻着身子，打了一辆出租车，消失在车流中。

她站在窗前，只有失望和无奈的泪水。

马晓雯觉得自己是那么无助，她在吸毒的于浩然面前是那么无能为力。他吸毒时，她失望。不吸毒时，他又像好人一样出现在她面前，对她百般娇宠，百般恩爱。

反反复复之后，有一次回家，父亲站在她的面前，她抬起头望见了父亲的眼睛。父亲的目光中带有质疑、怜爱、恨铁不成钢，甚至还有别的什么。父亲不说话，就那么望着她。她的戒备之心打开了，突然抱住父亲，把脸埋在父亲胸前。无助的马晓雯和父亲说了实话，她如何挣扎，如何痛苦……他们的秘密一直瞒着母亲，他们知道在机关工作到退休，又在幼儿园工作的吴言，无法承受眼前这一切。不用晓雯说，马教授也不会把女儿的秘密告诉妻子，妻子心地善良纯洁，他不忍心把妻子的心玷污了，更不愿她承受这样的苦楚。

父亲独自承包了女儿的痛苦。

女儿痛苦时，他每天晚上陪女儿外出去散步，帮女儿分析，替女儿解忧。遇到这种事最明智的选择是离开，可晓雯却离不开，只能深陷于这种折磨之中。

女儿的折磨就是父亲的痛苦。那些日子，马教授的神经完全被女儿牵引了，为她高兴而喜悦，为她痛苦而忧愁。

劝了无数次，说了无数条理由，他后悔当初为什么没有一双火眼看透于浩然的命运，让女儿葬送在情字上。他只能后悔哀叹了。

在这期间，他单独约见了一次于浩然，是上班的时间，他来到长坤公司附近的茶馆里，给于浩然打了电话。很快于浩然就接了电话，叫了一声：爸。这声“爸”叫得是那么自然、亲切。不知何时，于浩然就改口叫他“爸”了。他自己都不记得是什么时候了。于浩然过年过节经常来家里，每次来都带一堆礼物，有时还下厨帮忙做饭。在家里于浩然就是这样的一个形象。开始时他和老伴多次催促过他们结婚，还没等于浩然说话，晓雯就说：爸，妈，浩然最近忙，等忙过这阵子了再说吧，结婚着什么急。一年又一年，就拖到现在。后来他们索性就不催了，只要年轻人高兴，自己乐意，一切都是他们自己的选择。

那天他在电话里说：不忙，你就出来一下。然后告诉他地址。几分钟之后，于浩然来到了他面前。于浩然脸上丝毫看不到不正常的神态，见面就问：爸，出什么事了？

在于浩然没来之前，他有一肚子话要质问他，见他这样却什么也说不出来了，只是口是心非地说：我路过这儿，歇歇脚，就想起你来了。

于浩然就一脸歉意地说：爸，我好几天没回家了，让你们惦记了。然后为他倒茶，把双手放在膝盖上，前倾着身子，一脸聆听的表情。

马教授想到女儿的挣扎，他突然理解女儿了。他坐了会儿，聊了几句工作，于浩然一一答了。他便告辞了，两人离开茶馆。于浩然伸手拦了一辆出租车，打开车门，扶着马教授上车。在车里马教授招了一下手，于浩然一直灿烂地冲他微笑着。

一瞬间，他甚至想，也许吸毒不会有什么吧。许多人吸烟，也是一种吸毒。他掏出支香烟叼在嘴上，司机盯着反光镜道：师傅，车内不能吸烟。他醒悟过来，忙把烟收起道：不好意思。

当又一次见到晓雯神情悲戚时，他又一次为女儿难过了。马教授也陷入女儿痛苦悲伤的怪圈中。

谜　　踪

宋杰又一次透过保安室的窗子研究长坤公司大楼。这是一栋十二层的楼房，一二层作为库房用，三四五层是公司办公的地点，五层以上一直在空置。他多次试图走到五层以上，都被楼道的护栏阻挡在了门外。楼道的护栏上拴着粗壮的铁链，铁链上又挂了一把将军锁。他以公司安全为名，向王文强提出过检查五层以上的楼房。王总轻描淡写地说：上面都没装修，没什么好检查的。王总人前人后多次说过：上面的房子就让它们空着，等以后公司壮大了会用得着。

这座楼是长坤公司自己出钱盖的，地是按照厂房的地价拿的。除办公大楼外，它的后身是几个制药车间。车间按部就班地生产着几种药。宋杰进去过，是一条条整洁的生产线，制药工人忙碌着。医药局、环保、消防等单位的人，每年对制药车间检查很多次，制药车间装不了什么秘密。况且，车间里人多嘴杂，即便有秘密也是守不住的。唯一有秘密的地方就是这栋办公大楼了。宋杰多次在白天和夜晚观察过五层以上房间的窗子，那里也是静悄悄的，不见一丝光亮和人声。出入大楼的人，必须得进出大楼的门，一天二十四小时，他也观察过，只有公司的工作人员出入，不见外人陌生人。

当所有的疑点都指向长坤公司时，却查不到任何疑点。

高局长曾安排侦查员去了小孤山镇。以前长坤公司的办公地，昔日的生产车间和库房，已经变成了牛圈，镇里的人在这里养了许多牛。打听了一些人，每个人都说：王总是好人，企业是好企业，为当地办了许多好事。这些牛就是长坤公司搬走时送给镇里的礼物。

王文强在公司大会上多次说过：我们是省市的明星企业，绝不辜负各级领导对我们的期望，我们虽然是民营企业，也要承担起社会责任……

每当他讲到这些时，会场内总是能爆发出一次又一次的掌声。

与长坤公司有关的神秘的运输卡车，妻子的意外死亡，苏林的死，所有的线索都指向了长坤公司。可到了长坤公司，却一点线索也没有。宋杰面对长坤公司，几次认为他们的判断有误，但很快又否定了自己的想法。

苏林的后事公司解决得也很得体，苏林妻子和孩子的户口从外地调入了本地，妻子被安排到了公司上班，另外以工伤的名义，补偿了苏林妻子和孩子一笔钱。在公司内部，苏林的死暂告一段落。

宋杰也暗中跟踪过王文强。王文强在公司总是最后一个离开，有时吃饭就和保安们一起吃。公司有食堂，早中晚都有供应，早晚人少，只有一些单身或加班的人早晚还在公司食堂里吃，大部分都是保安队的人。伙食不错，一天三顿都是自助餐，中午最丰盛，早晚简单一些。

早晚王文强都要在公司吃，他很少应酬，就连有上级机关来公司检查工作时，需要宴请领导，大多时候也会在公司食堂安排。食堂在地下一层，除了大厅外，还设了几个单间，专门为了宴请才设立的。王总每次都和客人强调：在我们食堂吃，安全卫生。食材都是我们专门指定的人去采买的。我们的厨师专门培训过，有几个师傅还有一级厨师证。每次宴请时，客人都对食堂的菜品以及厨师的手艺赞不绝口。

王文强从不喝酒，不知他是不会，还是有意为之。每次宴请客人时，他都从公司找来几个能喝酒的员工陪着客人。大家都醉了时，王文强一直很清醒。客人喝多了，每次散场，他都安排人把客人送走。客人走光了，他才自己开上车回家了。

王文强的车是七座的丰田车，车有许多年的样子了。他总是把车擦拭得干干净净，经常有人冲他说：王总，您该换车了，换奔驰、宝马，也为我们公司长长脸。他从后备厢拿出掸子，一边在车身上掸着一边说：你们可别小瞧了这车，公司初创时期，这车可立了大功，不仅能拉人，还能拉货。人们都说王总是个低调的人。遇到任何困难时，最终总能迎刃而解。在员工的心目中，王文强是个好老总，很廉洁又有能力。不仅员工的工资比同级别企业要高出两档，各方面待遇也都比其他公司的要好。许多企业的人托人找关系，想跳槽到长坤公司，凡是公司需要的有技术人品又好的人都被挖过来了。最初的时候，公司甚至是亏损的，王文强老总靠贷款度日，也没亏欠过员工。就凭这一点，王文强在员工的心中是高大的、伟岸的。

公司成为明星企业之后，王文强先是成了市人大代表，后来又成了省里的人大代表。在人大会议上提案，呼吁制药企业在品牌上创新，赶超世界先进的制药企业。他人前人后一直都在说：中国的药企落后，根本原因是研发能力不足，技术手段不够。在他的倡导下，公司专门成立了研发团队，还花大价钱从瑞士医疗公司买了一条最先进的疫苗生产线，是专门生产抑制乳腺癌的药物。虽然还没有生产，却引起了行业内的轰动。许多药企的领导三天两头地来到长坤公司取经。

宋杰每次暗地里跟踪王文强，发现路径都是一样的。每天下班，王文强开车离开公司，过几个路口再右转，又行驶几个路口，再左转就进入了自己居住的小区。这个小区宋杰知道，在本市属于中档小区，并不算招眼。车驶过小区大门，便进入地下车库了。一直到早晨王文强那辆老式丰田车才又驶离车库。

王文强低调又平和，不了解他的人，还以为他是个知识分子。脸孔白净，衣衫总是整齐洁净地穿在身上。说话办事时，也总是文质彬彬。没有更多嗜好，每天早晨到公司，直到下班后才离开。

公司其他几个副总大都是年轻人。只有另外一个和王总一起创业的马总工程师年龄和王总相仿，五十出头的样子。

公司的人都知道，马总是和王总一起白手起家创业的元老之一。王总没经商之前是一家医院的副院长。从医的经验，让他有了成立一家制药公司的想法。马总工程师则是一家药企的工程师，两人在大学时就是校友，一个是学临床的，另一个是学医药的。两人的想法不谋而合。下海时，一个经营管理，另一个负责技术。马总不爱说话，脸上的表情也不够丰富，在外人眼里属于古板的那一种。古板的马总虽然话不多，但却是一言九鼎。王总的许多决策，都听马总的。

于浩然能成为公司副总，是王总对他的赏识。于浩然大学实习时，就来到小孤山镇投奔到了他们的企业，是十几个创始人之一。那会儿他们公司正是创业的初期，一切都是白手起家。于浩然也算是省大学化学系的高才生。从实习到就业，一直没离开过他们的公司。在王总眼里，于浩然是为公司立下过汗马功劳的干将之一。他能成为副总，也是顺理成章的一件事。

于浩然

成为长坤公司的核心，于浩然明白这一切是他付出所得。刚开始他来到长坤公司，是为了找一个实习的机会。那会儿的长坤公司在小孤山镇，远离市区，没人愿意到这样的公司实习。他要在这座城市站稳脚跟，就要在毕业后有单位接收他。他在打工时，看到了一则长坤公司的小广告，他是顺着广告的地址找到长坤公司的。刚来到长坤公司时，他是失望的，那会儿整个长坤才十几个人。

长坤公司是怎么发展起来的，他也一清二楚。在小孤山的山沟里，有一个秘密的山洞，在那里他们生产了摇头丸和冰毒。他是后来才接触到的，刚开始没人信任他。

最初，公司老总王文强找他谈，那会儿他的目的是能挣到钱，然后留在这座城市。王文强就说：那我帮你找个出路吧，换个工作。他进了生产冰毒的山洞。在这之前，他们生产的冰毒质量并不过关，原因是几样化学品的比例工序不对，他是学化学的，王文强正是看上他所学的专业了。

之前他有些恐惧，这是生产毒品，平时这个山沟没人来，在沟口有长坤公司作为门面，他们打的旗号是收购中草药，在山坡上也租了块地种植中草药。后来王文强对他说：靠这个发家纯属扯淡。让长坤公司真正发展起来的就是毒品。

王文强起初并不想这么干，说到底，还是现实逼的。搞制药公司谈何容易，设备、人才、经验，都需要钱。没有钱便寸步难行。他和公司几个人商量，于是想出了这么一条以毒养药的思路来。他读过许多企业家的传记，明白一条道理，每个成功的企业家，在最初创业时，都有一段不光彩的历史。他安慰自己道：就当自己有这段不光彩历史了。他想要的最后的结果是生产真正的药品去救世人。这么想，良心稍安了一些。

于浩然那会儿也没什么经验，制作出来的毒品他都要亲自试一试，找感觉。没多久，他就染上了毒瘾。他震惊于自己对毒品的无知。他找到王文强，要离开公司。当时王文强只有一间小办公室，不过十来平米的样子。王文强让他坐下，在他前面的空地上踱步，不急不躁地说：小于呀，你在这儿工作多久了？

他答：五个月了。

王文强说：下个月你实习期就满了，学校那边也该毕业了。

他看着王文强的身影在他眼前晃悠，他不知道王文强下一步要说什么。

王文强停住脚，盯着他的眼睛说：如果你在我这儿干下去，我立马解决你的户口。

落户在这座城市，是于浩然以前不敢想的。在这之前，他已经做了打算，找一家接收他的公司，把档案关系放到人才市场，然后自己“漂”在这座城市里，许多同学和师哥师姐都是这么过来的。他要留在这里，这座城市里有他的爱情和梦想。他从考上大学那天起，就告别了自己老家那座小县城。他千遍万遍地下了决心，自己再也不会待在小县城了，因为他已经看到了省城的繁华和机会。

王文强说到这儿，盯着他的眼睛，他的呼吸有些急促。

王文强似乎看透了他的心思，又说：你毕业就能在城里落户，那些同学肯定做不到吧？

他点了点头。

王文强又说：公司现在才刚刚发展，我敢保证，不出两年，咱们公司就搬到城里去，会成为万人瞩目的大公司，你还愁未来的发展吗？

于浩然开始犹豫不决。

王文强又说：你以为我愿意生产毒品吗？公司要发展壮大，目前我们靠走正路根本养活不了公司的运转。我们生产毒品是暂时的，将来我们会生产救世人的药品，为公司赎罪，为我们赎罪。我这么做，也是没有办法。咱们没有后台，又要干事，怎么办，只能先犯罪后干事。

他抬眼望着王总，在他眼里，王总是恶棍和天使的化身，但表面上王总还是那么温文尔雅。

他低下头，最初接触毒品他是震惊的，知道自己这是在犯罪。要是被发现了，他轻则坐牢，重则被枪毙。他怕，他恐惧，他也知道，公司现在挣钱的只有毒品，其他的车间都是赔钱的。他真的不想干下去。他再一次仰起头道：我怕有一天东窗事发。

王文强收了脸上的笑意：天塌了有高个儿顶着呢，这公司我是法人，责任由我来负。

于浩然懂得一些法律，虽然他不是制毒的主谋，但也算得上是协助犯罪。他仍挣扎，小声地说：王总，我还是想离开，我绝不会说。

王文强脸上的肉抽动了两下道：你说不说就不说了？

于浩然盯着王文强，王文强在他眼里突然陌生起来。

王文强说：你身上带着公司这么多秘密，能说走就让你走？

于浩然突然意识到，自己已经陷在泥潭里不能自拔了。长坤公司进来容易，想离开就没那么简单了，除非你不进入核心，不了解那么多秘密。

王文强又说：我向你保证，几年之后，你就是上市公司副总。我今天答应你，公司里有你股份。

几天之后，他随会计去了一次工商局，果然成了股东。深陷其中，他只能硬着头皮走下去了。

王文强给他开出的条件无疑是充满诱惑力的，但他想到了马晓雯。他和马晓雯的爱情是纯洁的，马晓雯不会因为这些条件而选择他。他从试第一口毒品时，就觉得对不住晓雯，他的眼前出现马晓雯那纯真的目光。每次一想到她的目光，他的心就打战。他以为这毒不会这么快上瘾，他开始之所以答应王文强到山洞里生产毒品，是因为王文强说这个车间的工资高。他实习的工资每月才一千多，到这里后每月一万五千元，这对他来说是做梦也想不到的。

没料到自己一步步地走进了王文强为他挖好的陷阱里。王文强每次都让他尝试毒品的纯度和口感，骗他说：作为工程师要身先士卒。他尝了，然后把口感、味道、感觉告诉王文强。很快他就上瘾了，直到最后，他才知道，这是王文强的一计，是拉他下水，让他永不背叛。

王文强答应让他做股东，给他办户口。

听着王文强给他描绘的一切，他如同在做梦，在这之前，他听都没有听说过。

果然，王文强说到做到，很快便变更了股份，他在这个公司里占百分之六的股份。

他参加完毕业典礼之后的一天，王文强告诉他，他的户口有着落了，他又顺利地把户口落在了本市。后来他才知道，王文强为了让他落户，是用钱买来的户口。王文强在他身上的投入不可谓不大。

他也越陷越深。

王文强果然没有食言，一年后，公司就搬到了城里。公司办公楼和厂房是买下来的，稍加改造就成了今天的样子。公司也迅速壮大，招兵买马，成了今天拥有几百名员工的著名企业。

他们公司是生物制药公司，当然表面上还是以生产药品为主，有中药也有西药，但他知道公司不靠这些药品挣钱。接触这一行之后他才明白，制药行业的竞争也如此激烈，医药局对生产药品的审批极其严格，王文强拿到这些药品的批号，动用了许多关系。直到这时，他才了解王文强的能力。一切都是用钱开路，表面上文质彬彬的王文强，却有着如此之大的野心。

渐渐地他才知道，进入了这个圈子他是走不掉的，不是因为损失他一个人，而是他会带走更多的秘密。王文强绝不会让他把秘密带走的。苏林的死就是最好的证明。想到这儿他一阵阵后怕，他只能踏实下来为王文强效力。

他现在是公司副总，对药品生产他一窍不通，他的任务是在地下室为制作毒品的生产线指导工作。现在生产的不是简单的摇头丸了，而是一系列化学毒品。产品依据市场需求，不断进行升级改造。公司从小孤山搬到城里，王文强便对这栋办公大楼进行了改造，不显山不露水地在地下室里建起了一个车间，这个秘密只有公司少部分人知道。暗道直通商场地下室，那里有他们的门市，表面上在售药，其实是为了毒品运输做掩护。

一年前，刑警队的宋杰跟踪他们那辆运送毒品的卡车，让王文强和他都吃惊不小。宋杰一开始跟踪，司机就有了察觉，于浩然一边负责遥控指挥司机在山里兜圈子，一边和王文强想着对策。最后他们只能安排人制造一起车祸，宋杰只能放弃跟踪，运送毒品的卡车趁机逃脱，有惊无险地躲过一劫。从那以后，他们的行为更加隐蔽了，化整为零运到城外，再用卡车运走。

在他们看来，他们现在制毒运毒的这条路径是安全可靠的，办公大楼经过特殊处理，把地下室打通了，电梯和楼道封死。地下室开了一个门。地下室打通之后，就和四通八达的人防工程连接在一起。

要进入办公楼的地下室，就要从商场的地下室里进来。在商场地下室，长坤公司买下了一爿商铺，公司制作的药品都在那里有展示。在商铺后面开了一个暗门，人员进出就通过这个暗门。暗门里修了许多机关，外人是进不去的，经常出入此地的人都有特殊的磁卡，磁卡也有着严格管理。于浩然亲自负责这些磁卡的管理。他每次进出地下车间时，都要先来到商场，在地下商城里找到长坤公司的门面。门面里面是仓库，堆放着许多药品和货物，推开这些货物，再进入暗门，从暗门里再往前走才能到达地下室。

这里有人进出时，都是商场地下室门面关门之后，所需要的化学制剂早就囤积在门面房的仓库内。偷偷地运进去，再把制作完成的毒品按药品的包装运出来，到上班时，光明正大地运出去。

这是长坤公司少数几个人知道的秘密。知道的人越少，才越安全。王文强反复这么交代。

于浩然的内心并不平静，他知道自己是罪恶的，但他又不能自拔，不能自拔的原因是他无法摆脱王文强的魔爪。事到如今他离不开王文强这条船了，他知道如果真的一意孤行离开王文强，王文强是不会放过他的，这是其一。另外他在这条路上越跑越远，知道自己的罪有多重，他也多次在网上搜过刑法，研究着自己的罪行。他没有回头路了，只能乘着王文强这条船往前行驶。能行驶多远，他自己不知道，每天他如坐针毡，时时在提心吊胆，只有吸上毒品时，才会暂时缓解他的焦虑。于是他陷入一种不能自拔的境地。这么些年了，他没有勇气和马晓雯结婚，就是因为他害怕有一天他乘的船翻了。

他是深爱着晓雯的，越是爱越是怕伤害她。他现在能做的只有好好地保护她。购买的房子、自己的存款都写上了晓雯的名字，在他的名下分文没有。他用这种方式在为自己赎罪。虽然他深爱着晓雯，却不能和她结婚，只能用各种办法去拖延。

最初，他的理由是公司刚起步，再干几年。现在几年过去了，他已经没有别的理由了。一次自己在家吸毒时，被马晓雯撞上了，吸食的是K粉，人赃俱获，他只能承认了。他跪在马晓雯面前，哭泣着请求她的原谅。

在他心里，马晓雯是个好女孩。最初他的想法是要通过自己的努力奋斗，让晓雯过上好日子。他现在也这么想，却没料到自己会走上这条路，他后悔，当初就应该下决心离开长坤公司，那时介入得并不深，一切都还来得及。就是因为自己太贪婪了，一步步接近罪恶，不能自拔。

于浩然尝试过戒毒，他让马晓雯把自己绑在床上，毒瘾犯了，那滋味生不如死，浑身上下似有千万只蚂蚁在皮肉里钻，鼻涕眼泪也下来了。他开始求马晓雯，让她放开自己。马晓雯坚持着，可他却坚持不住了，挣扎得身上的绳子勒进了皮肉，流出血来，他仍在死命挣扎。他哀求着她：放开我吧晓雯，我要死了，就吸一口。几次三番之后，她不忍心看他这样，便把他放开了。

吸了毒品之后的于浩然又和正常人没什么两样了，他再次跪在她面前，赌咒发誓地还要戒毒。她想过报警，让警察把他送到戒毒所去。自从发现于浩然吸毒后，她查了许多关于毒品的资料，也研究过戒毒方法。她把自己的想法说了，他求她，他说：这事让外人知道我就毁掉了，我这辈子再也过不上正常人的日子了。况且，还连累长坤公司，我是长坤公司的副总，公司正忙着上市，我出事了，谁还相信长坤公司。

面对他的苦苦哀求，马晓雯心软了，见他如此这般又放弃了报警的想法。

他冲她发誓，一定戒毒，先减少吸毒量。他在她面前是这么做的，可她转身一走，他又恢复了原来的样子。

她也曾试图说服自己彻底离开他，眼不见心不烦。她试着几天不给他打电话，他来电话她也不接。在这几天里，她又想到了他们恋爱时的点点滴滴，包括到现在，他对她的好。每到周末，他都会来找她，带她去游玩，去吃她喜欢吃的。她提出的所有，他都会应允她。如果不了解他的另一面，他实在是个优秀、善解人意又温柔体贴的未婚夫。

没发现他吸毒之前，她提出过结婚，催了几次，他都以种种借口回避她。后来她发现他吸毒了，不再提结婚的话题了。两人都明白这一切意味着什么，有许多次他们抱在一起痛哭失声。他们现在只是恋人，也许永远都不会结婚了。他们经常回忆初恋时的种种美好，可这一切似乎是很遥远的往事了。

久了，马教授也发现苗头不对。母亲对晓雯结婚的事还不那么上心，退休后把心思都扑在幼儿园上了，早出晚归，比上班时还忙。晓雯是被父亲带大的，她的情绪稍有变化，都逃不过父亲的眼睛。

有一天傍晚，马教授做好了饭菜，老伴吴言还没回来，他来到女儿的房间。女儿正在房间里批改学生的作业，精神却不能集中，不时地抬头望着窗外。正在这时，马教授推开房门，女儿正冲着窗外发呆。

马教授坐在女儿的床沿上，望着女儿说：你和于浩然之间到底发生了什么？

马晓雯吃惊地望着父亲，在这之前，她没和父亲说过一句关于于浩然的事情。父亲却读懂了她的心。于浩然的事情在她心里折磨得太久了，她不能说，也没人可说。能说这话的人只有父母，但她又不希望自己的事影响父母的生活。

父亲突然这么一问，她心里的防线开始松动了。

她盯着父亲，欲言又止的样子。

马教授更进一步地逼问：于浩然发生了什么事，告诉我，我是你爸爸。

马教授是刑法专家，搞刑法的人都或多或少地懂一些心理学。女儿的变化他早就注意到了，他没开口的原因一是吃不准，二是不想插手女儿的私人生活。他觉得女儿大了，她会照顾好自己，处理好情感问题。但他又为女儿担心，从小到大，他是用心力把女儿养大的，知女莫如父。

晓雯终于绷不住了，她说了，一边流泪一边把于浩然吸毒的事告诉了父亲。

马教授考虑过千万种可能，却没有想到会发生这种事。晓雯说完，他的情绪表面上稳定了一些。

他没有说话，走到书房里点了支烟。他很少在家吸烟，晓雯追到了书房，安慰他道：爸，浩然说过，他要戒毒，为了我也要戒。

他问：没戒成是不是？

女儿在他面前低泣着。

他拉过一把椅子，让女儿坐到自己的对面，才说：摆在你面前有两个选择，一是离开他，二是把他送到戒毒所去。省里戒毒所的王所长我熟悉，我可以给他打电话。

女儿听到这里，跪在他的面前，叫了一声：爸，他不能去戒毒，这样会连累他的公司，浩然以后就毁了。所有人都知道他吸毒，他怎么做人，我也没法见人。

女儿伤心难过地哭泣着。

父亲弯下身子把女儿扶起来，望着女儿挂满泪痕的脸，心疼了一下，又疼了一下，压低声音说：那你就离开他，好吗？

女儿扑在他的怀里，一边哭一边摇着头说：爸，我试过，可我离不开他。浩然除了吸毒，没有其他任何缺点。他好强，上进，有责任感。

父亲听了女儿的话，心里在流血，从小到大，他看不得女儿受半点委屈。他和吴言结婚晚，生下晓雯时也晚，女儿就是他的心头肉，女儿的阴晴雨雪就是他冷热的晴雨表。从小到大，女儿从来没有远离过家，就连考大学，他和老伴也舍不得女儿去外地，就在他们眼皮底下生活，唯恐遇到一点不测。然而一直担心的事情终于还是出现了。

当初女儿把于浩然领到家里，他们不挑他家在外地，也没有嫌弃他家里条件不好，只要女儿认可的事情，他们都支持。女儿一直在说于浩然的好话，说他如何能吃苦、上进，等等。他们相信女儿的直觉。

后来女儿说，于浩然找到了实习单位，不久又说，他的户口留在了本市，又说于浩然所在的公司搬到了城内……一切他们都替女儿高兴。

从那以后，于浩然经常来家里，每次来家里从不空手，从牛奶、鸡蛋到时令蔬菜，每次来家里他都亲自下厨。

这个家，大多数时候是马教授下厨房，这是从结婚那会儿养成的习惯。马教授是名老师，上下班准时准点，每天都会比吴言早回来一些，时间久了，他练就了一手好厨艺。女儿爱吃他做的饭，吴言偶尔也会下厨，做出来的菜无滋无味，后来索性不再让她下厨了。

于浩然的厨艺果然不错。吃饭时，全家人都表扬他。于浩然就说：我从小就会做饭。父母下地劳动，他总是做好饭菜等父母回来。

曾几何时，他们为女儿能找到于浩然这样的准女婿感到放心踏实。

知道于浩然的事情之后，马教授失眠了。

他没把这件事告诉老伴。老伴吴言是个单纯的人，平时总是大大咧咧的，从没忧愁的时候，她每次回家，清冷的家就热闹起来。每天他在书房里看书，女儿在自己房间内备课，只有吴言是个闲人，她把电视打开，音量很大，自己却不看，这个房间转转，那个房间看看。她来到他书房说：老马，我们幼儿园又来了三个新生，两个中班的，一个大班的。她说完见马教授一副不感兴趣的样子，又串到女儿房间，叽叽喳喳地说一会儿。她说的都是幼儿园的事。她从工作开始，最大的愿望就是当一名幼儿园的老师。年轻时她没实现这个愿望，到退休了，终于满足了她的心愿。每天回家，说的都是孩子的话题。

他就在书房里喊：老吴，晓雯还要备课呢，你别打扰孩子的工作。

老伴受到了打击，怏怏地从女儿房间退出来，回到了客厅。电视开着，很热闹的样子，她却不看，拿起手机在朋友圈里发孩子的照片。

马教授不想让老伴有任何操心事，从结婚开始，家里的大事小情都是他承担。他知道，这事说给老伴于事无补，只能添乱。他只能一个人把这件事装在心里。

他在失眠时想到女儿的不幸，心里的滋味可想而知了。

小　满

小满的心中充满了希望。

有一天，宋杰接他从幼儿园回家，他坐在车的后排，突然问：爸，十年是多远呢？

宋杰一怔，道：十年是三千六百五十天。停了一下又说：十年后你就是大小伙子了，应该上高中了。

小满想象着十年后的样子，妈妈在天堂的电话里对他说十年就回来了。他想妈妈，掰着手指头计算日子。

妈妈还在电话里说，让他听爸爸的话，听老师的话。妈妈回来要给他带好多礼物。

小满闭上眼睛就能想到妈妈的样子，妈妈的一双眼睛会笑，做的饭香甜可口，晚上睡觉前还要给他讲故事。他在故事中睡着了，妈妈在现实中没讲完的故事，他在梦里却梦到了。第二天一早，妈妈把他从床上叫醒，他见到了妈妈的脸，欣喜地说：妈，我梦到故事了，那条冻僵的小鱼又复活了，还生了许多鱼宝宝，它们在水里游啊游，最后都长大了。

妈妈一边笑着给他穿衣服一边说：小满真棒，自己都会编故事了。

每天，他在幼儿园门口和妈妈分手，放学后，他第一眼就能看到妈妈。

这段日子，他总是做梦，梦见妈妈在马路上飞起来了。这是妈妈出事那天的画面。妈妈飞起来了，他先是听见大街上一群人在喊叫着什么，好多车都停下来了。后来老师就把他领进了幼儿园，再后面的事他就不知道了。

爸爸告诉他：妈妈去了天堂。

幼儿园老师也这么说。

他记得妈妈是飞走的。

他望着天空，那么高，那么远，妈妈得飞多久呀？他就想：妈妈会不会累，饿不饿，冷不冷？一想起这些，他就想哭。

每天爸爸把他接回家，从冰箱里拿出一袋牛奶，还拿出一些水果，放在他的面前说：爸爸还要去上班，晚上给你带好吃的。

他点点头。

爸爸就出门去了。他听到楼下汽车发动的声音，走回到自己的房间，从书包里拿出手机，每天这个时候都是他和妈妈通话的时间。有几次，妈妈那边没接电话，他打了几遍，妈妈也没出现，他有些着急，隔一会儿打一遍。直到电话通了，他听见电话里妈妈气喘着的声音，妈妈说：对不起小满，妈妈刚才去办事了。

直到这时，他才松口气，冲电话里说：妈，我担心你出事，又飞走了。

妈妈在电话那端笑了一下道：妈妈是大人了，不会出事的。

大多数时候，他打电话一打就通。电话通了，他就又能听到妈妈温柔的声音了。有时听见妈妈电话里传来汽车声，还有人说话的声音，他就问：妈妈，天堂里有好多人、好多车吗？

妈妈就笑一笑说：天堂和人间一样。

他依据妈妈的话，想象着天堂的样子。

他说：我问爸爸了，十年就是三千六百五十天。妈妈，十年真的好久呀，我都等不及了。

电话里静默一会儿才道：小满，记住我跟你说过的话，咱俩打电话是个秘密，不能让别人知道，也不能让爸爸知道。他们知道了，咱们就打不成电话了。

小满一直记着和妈妈的约定。他冲电话里说：妈妈，我记住了。

妈妈在电话里问他穿得暖不暖，吃得好不好。

他听着妈妈说话，委屈得眼泪都快掉下来了。他说：爸爸每天从食堂给我打饭，一点也不好吃。妈，我好想吃你给我蒸的鸡蛋糕呀。

妈妈就说：你让爸爸给你蒸鸡蛋糕，他一定会。

他说：爸爸蒸的一点也不好吃，不是没熟就是蒸老了。爸爸说自己笨。

小满最近发现天堂里的妈妈有些不高兴，说话的声音有些沙哑，声音也不像从前那样甜美了。

他就问：妈妈，你是不是生病了？说话声音都不一样了。

妈妈说：妈妈开会，说话多了，嗓音就不好听了。

他就忙劝：妈妈，你要多喝水，多睡觉。他想起了之前他生病时妈妈说过的话。

他又冲电话里说：妈妈，你快歇会儿吧，我不和你说了。

虽然这么说，他还是有些委屈，他真的希望一直和妈妈在电话里这么说下去。睡觉时妈妈给他讲故事，一直到他睡着。

妈妈说：小满，今天过去了，就少了一天。

好吧，妈妈再见。他恋恋不舍地放下电话。

妈妈也放下电话，他盯着电话屏幕好久，最后什么都没有了，他才把电话放到书包里，小心翼翼的样子，还用手小心地按了按。电话是他和妈妈联系的工具，电话没有了，妈妈就会消失。他异常珍爱小心着电话。

每天晚上睡觉时，爸爸都会拿出他的电话充电。有一次，爸爸看见电话的电量少了很多，生气地望着他说：小满，你又玩游戏了吧？他忙否认。

爸爸把电话检查了一下，小满电话通讯录里写着三个人的名字：一个是妈妈，一个是爸爸，还有一个就是幼儿园老师。

爸爸检查手机时，他有些紧张，不过爸爸似乎没有发现他的秘密，只是把手机充上了电，走到他身边说：以后别玩手机，对眼睛不好。

他点点头，从那以后，他学会了每天和妈妈通完话，自己给手机充电，不麻烦爸爸了。他是怕爸爸发现他的秘密。妈妈说过，要是爸爸和别人知道了，他和妈妈就通不上话了。

小满自从和妈妈联系上后，从不关机，他怕妈妈有事找他，找不到他，妈妈会伤心的。

他一直牢记妈妈的话，听爸爸的话，听老师的话，做一个好孩子。

有一次他发烧了，身体没劲，也打不起精神，但他没和爸爸说，还是让爸爸把他送到了幼儿园。

中午时候，他吃不下饭，被老师发现了，拿过体温计量了，老师说三十八度五。他不知道这个温度是什么概念。以前妈妈也给他量过体温，温度高了，妈妈就打电话给幼儿园老师请假。妈妈会让他躺在床上，给他喂药、喂水，然后靠在他的床前给他讲故事，一直讲到他睡着。他醒来时，妈妈就把一碗热乎乎的鸡蛋糕端到他面前。鸡蛋糕就是药，他吃了鸡蛋糕身体就有力气了。

在幼儿园他学过一首歌叫《世上只有妈妈好》，他喜欢这首歌。自从妈妈不在了，他在心里无数遍地哼唱这首歌：世上只有妈妈好，有妈的孩子像块宝……他一哼这首歌就想哭，就想妈妈。

那天，他发烧了，爸爸手忙脚乱地把他接回家，在抽屉里找药让他吃。后来不知过了多久，他睡着了。又不知过了多久，他醒了，爸爸却不在身边。他又想起了妈妈给他蒸的鸡蛋糕。

他给妈妈打电话。他在电话里哭了，他这是第一次在电话里冲妈妈哭。

没多久，爸爸回来了，同时来的还有晓雯阿姨。晓雯阿姨说要把他接走，爸爸同意了。他来到晓雯阿姨家，见到了园长吴奶奶，吴奶奶给他蒸了鸡蛋糕，又软又嫩，和妈妈蒸的一样好吃。

吴奶奶和晓雯阿姨一直陪他说话。他发现晓雯阿姨说话很好听，像妈妈的声音。

那天晚上，他和晓雯阿姨一起睡的，晚上晓雯阿姨也给他讲故事，问他喜欢听什么故事。他想起妈妈以前讲过的《美人鱼》。晓雯阿姨就开始讲了，他听着，渐渐闭上了眼睛，似乎又回到了妈妈的身边，妈妈在给他讲故事。他的嘴角绽开，笑了。

内　鬼

王彪招了，是他毒死了苏林。

这个消息，是宋杰又一次被高龙彬约见时得到的。这次他们没去新来茶馆，而是宋杰开着车接上在路边等候的高局长，车开到一个僻静处，高龙彬让宋杰把车停下来。

幕后指使的人呢？宋杰急迫地问。

高局长点了支烟，把车窗打开一条小缝。

宋杰期待的是，王彪招出长坤公司的人，王文强或者于浩然，这个案子便结案了。令他吃惊的是，高龙彬却说出另外一个陌生的名字：聂远达。在宋杰的印象里，没听说过这个人。

高龙彬说：聂远达收买了王彪，给了他一百五十万现金和一小瓶药，让王彪把这瓶药倒在苏林的饭里。

那个聂远达抓捕归案了吗？

高龙彬摇摇头：他消失了，我们上报了市局、省厅，全国缉捕聂远达。

在高局长手机里，他看见了聂远达的照片，觉得似乎在什么地方见过这个人，却一时又想不起来。他还是问：聂远达是什么背景？

高龙彬说：他不是本市人，户籍在邻省，没有固定职业，什么都干。

宋杰的第一反应是，这个聂远达为什么指使王彪毒死苏林？苏林和他又是什么关系？目前看来聂远达后面还有推手，这个聂远达和苏林不可能构成实在的关系，况且，没有固定职业的聂远达不可能有那么多钱。这是他办案多年，在没有证据、没有线索的情况下，做出的正常的推断。

高局长把烟灭掉，烟头揣在自己兜里，这是他的工作习惯。高局长指示：追捕聂远达有我们呢，你的任务是盯紧长坤公司。聂远达一定是背后有人指使，他就是个替罪羊。

高局长说完拉开车门，宋杰道：高局，我送你。

高龙彬摇了下头道：我打车。

说完“砰”地关上车门。

宋杰知道这里不能久留。他在回家的路上，一直想着聂远达，他的脑子飞快地转着。回到家时，他想小满一定睡了，轻手轻脚地进门，却隐约地听见小满的房间里有说话的声音。靠近房门，果然听见小满在说话，声音很小，听不清楚。他推开门，小满蜷在被子里，见他进来，忙把手机压到了枕头下。他说：小满，在给谁打电话？

小满一脸惊恐，半晌才说：是、是……是老师。爸，我一个人在家害怕，就给老师打电话了。

他没有责备小满，看到小满一脸惊慌的样子，他责备自己，大晚上把孩子一个人扔在家里。他忙把小满的台灯关掉，给小满掖好被角道：小满，睡觉，爸爸回来了。明早早起，还要去幼儿园。

小满听话地应了。他走出门去，来到客厅，点起支烟，脑子里想的还是聂远达。突然他想起来了，在不久前他见过这个人，是在于浩然的车上。那天下午，于浩然开车从公司出来，不巧，有一辆垃圾车坏在公司门前，挡住了进出的路。

于浩然把车停在公司门口，拼命按喇叭。宋杰从保安室里出来。

于浩然说：宋队长，那辆车怎么回事，怎么把路挡上了？

宋杰说：垃圾车坏这儿了，等拖车来呢。

于浩然面露难色地说：宋队长，我还有急事，能不能把车推开？

宋杰就叫了保安去推车，于浩然下车，坐在车里的另外一个人也过来帮忙。垃圾车终于被推开，宋杰冲于浩然道：谢谢了，于总。说这话时，他特意看了眼和于浩然同行的那个人。年纪比于浩然大一些，头发有些稀疏。他冲这个人礼貌地笑一笑，那人冲他点了下头，并没多说什么，转身和于浩然一起上了车。

他把记忆中这个人和刚在高局长手机上看到的照片又在脑子里进行了一次比对，确信那天见到的那个人就是聂远达，除非他们是双胞胎。想到这里，他来到阳台上，从怀里掏出和高局长单线联系的手机。电话刚通，高局长就接了电话，还是那句：说。

他说：我想起来了，聂远达和于浩然有联系，他们在一起坐过同一辆车。

高局长：明白。按原计划执行。说完便挂掉了电话。

他想到了辅警王彪，他刚到刑警队时，就认识王彪。第一次领取警服时，就是王彪给他送来的。后来他了解到，王彪以前在基层派出所干过辅警，后来年纪大了调入刑警队做辅警，协助内勤干一些杂事。这次看守所给苏林送饭的人就是他。如果他没算错的话，再过一年，王彪就该退休了。他想象着辅警王彪被收买的样子。透过窗子能看到小区外的马路，此时已经是深夜了，路上的车辆仍在川流不息。突然，不知为什么，他开始怀念警队了。以往这时，正是他们工作最起劲的时候，要么在外面出警，要么在办公室里分析案情。警队办公室是灯火通明的，队长秦南坡会给每人发一袋速溶咖啡。

秦队长是他的搭档，他入队那会儿秦南坡是副队长，高局长是队长。许多刑侦人员的本领是和两位队长学的。他一直叫秦队长师父，也叫高局长师父。秦队长就摆手道：我不是你师父，只有你自己教会你自己。咱们干刑警的要有悟性，你是个干刑警的料。说完一双大手拍在他肩膀上。

几年前，秦队长的妻子被查出得了乳腺癌，妻子做手术时，秦队长在外地出差没赶上。宋杰几个在警队的人去手术室外等。后来妻子做化疗，秦队长也没时间陪妻子，请了个保姆照顾妻子，自己仍每天泡在警队。他们这些刑警在一起的时间要比和家人在一起的时间多得多。

当他的处理决定下来时，秦队长不干了，拍着桌子上那份决定说：我不同意，这么点小事就把人开了。我找市局，不行我就去找省厅申诉。

是宋杰压住了秦队长，他说：队长，是我自己不想干了，孩子小，没人照顾。

秦队长盯着他看了好久，突然大怒道：宋杰，你是个逃兵。

他低下头去道：队长，少在队里熬，有空陪陪嫂子吧。

前一阵子，秦队长的妻子癌症又复发了，又一次住进了医院。

秦队长大声地说：这不用你说。

秦队长不理解，他怎么这么轻易地离开了刑警队，离开了这个集体。

他把警服脱下来，把警徽和领花摘了下来，交给了辅警王彪。

王彪接衣服时，只收了警徽和领花，说了句：宋队长，衣服你留着吧，留个念想。这是高局长说的。

他收住了手，在心里说：这些东西，留下就留下，有一天，我会回来的。

这是他的内心独白。

王彪红了眼睛，冲他说：宋队长，你太冤了。

宋杰没想到，王彪竟然成了内鬼。

他来到长坤公司后，秦队长带着几个刑警专门来看过他。秦队长背着手，里里外外地在保安室里转了一圈，看着宋杰说：宋杰，你这是堕落，堂堂一个刑警队副队长竟当起了保安。我以前真没看透你。

宋杰只能任凭秦队长数落。

秦队长走了，上了警车，车子开动了，又踩住了，秦队长摇下车窗冲宋杰说：宋杰，你什么时候改变主意，我找高局去说，你再回来。

他冲秦队长笑着，挥了挥手，警车开走了。他何尝不想早日归队呢。

有一次，王文强找到他说：有空把你们以前的同事请来，我请客，交个朋友。

他笑一笑答应了，却没跟秦队长说。

后来，王文强又一次和他提起这事。他向高局长做了汇报，高局长沉吟下道：你和秦南坡说，让他去，要大张旗鼓地去。

秦南坡果然来了，带着警队好几个人，开着警车。

在长坤公司一个包厢内，王文强、于浩然一起出席了这次聚会。

王文强先做了一个开场白：各位都是宋队长的同事、朋友，大家别见外。宋队长是我们长坤公司的人了，各位以后也别见外，常来，不把我王文强当朋友，还有宋队长呢。

王文强还要讲什么，秦队长摆了下手，阻止王文强讲下去，把衣服扣子解开道：我们今天来，是冲着宋杰来的，他是我们的朋友。王总，于总，你们公司是市里省里知名企业，不会做违法的事，如果做了违法的事，一顿饭也收买不了我。既然来了，我们就好吃好喝，来，大家举杯。

秦队长这么说，一桌子人就热闹了起来。

事后，王文强冲宋杰说：宋队长，你来我们这里当个保安队长真是屈才了。

宋杰只是笑笑。

宋杰知道王文强为什么招自己来长坤公司。他不是为了引狼入室，是为了收买自己，然后利用自己在警队的关系，为他开脱。王文强是想利用自己的关系为他当保护伞，如果收买成功，也许还会为他们卖命。

交　锋

保安队有个特种兵转业的队员叫崔植，在保安队员中和别人都不一样。崔植仍保留了部队时的作风，床铺叠得整齐，见棱见角，个人的物品也摆放得井然有序。个人素质很好，集体意识很强。

宋杰一到保安队就对崔植有了好感。此时的副队长是一个叫李大旺的人，人一副很积极的样子，素质和崔植比差了一大截。他来到保安队不久，找崔植谈过一次话，中心内容是想让崔植当这个副队长。崔植听了，忙摇头道：队长，你知道李大旺的背景吗？

他看着崔植。

崔植说：他是王总的表弟。你来之前，他刚从公司办公室调到保安队。

宋杰明白了，这是王文强安插在他身边的心腹。从那以后，他再也没提过换副队长的事。王文强既想拉拢他，为己所用，但又不相信他，处处提防他，这就是他现在的处境。

李大旺三十出头的样子，一身保安制服穿在他身上又肥又大，像个稻草人。这个李大旺对谁都是一副笑模样，一笑便露出一口黄牙。说话拿腔作调的，挂在嘴边的话经常是：这个，这个嘛……

宋杰来时，就是他里里外外地张罗，带着宋杰熟悉公司情况。当天晚上还把宋杰拉到一个小饭馆吃了一次饭。他一边给宋杰敬酒一边说：宋队长，你可是大名鼎鼎呀，在刑警队你是无人不知无人不晓哇。你来了，以后就没人敢到长坤公司来找碴了。

他面对李大旺只是笑笑。这种话他听多了。

李大旺又说：就这么个小事，刑警队把你开了，这是刑警队的损失。

他仍没说话。

李大旺把自己眼前一杯酒干了，宋杰只抿了一口。

李大旺又说：你在长坤公司干，收入一定不会比在刑警队少，还不用那么累。干我们保安的，就是拿人钱财，替人消灾。你说是不是这个理，啊，宋队长？说完觉得挺有水平，露出黄牙笑。

他对李大旺印象非常不好。后来崔植提醒了他，他才意识到，这是王文强安排到他身边的人。

他揣度过王文强把他招到长坤公司的用意，如果当初他跟踪的那辆可疑卡车真的和王文强有关系，现在他成了长坤公司的人了，那么长坤公司就少了一个对手。要是能为己所用，凭宋杰以前是刑警队副队长的身份，好处自不用说。而如果宋杰真的对长坤公司有企图，放在眼皮底下，危险也会降到最低。

王文强表面上看是个好面子的人，为壮大自己公司，到处网罗人才。全国制药行业队伍中，都知道王文强这个人，到处挖人才，不惜血本。好多外地工程师来到此地，他为这些人才不仅买了房，还落了户口，高薪就自不必说了。一个保安队，也要找一个前刑警队的副队长。

后来，宋杰明白了，王文强这么做是有意为之的。他不怕名声大，只有这样，他才更安全。他是知名企业有魄力的企业家。公司现在是全省的知名企业，有一天成了全国的知名企业，地方的官员会对他睁一只眼闭一只眼。

他更急于经营自己的政治地位，先是区人大代表，几年之后，又成了市人大代表，最后变成了省人大代表。公司荣誉室和会议室里挂着许多他和省市领导的合影，有的是在参观长坤制药公司，有的是在会议上。他握着领导的手，谦逊地笑着。这一幅幅照片，在他的眼里就是一道道护身符。

宋杰刚到长坤公司时，他就把宋杰带到荣誉室和会议室里参观过。介绍那些照片来历时，如数家珍，何年何月何地与领导合影，每一张照片，都会讲出一段故事。每当有人参观企业时，他都是如此这般。不知情的人以为王文强是个看重荣誉的人，了解他的人才知道他的真正用意。

自从他知道李大旺是王文强安排到自己身边的心腹之后，他开始留意起了李大旺。最初，李大旺时时处处都在留意他，即便他外出，李大旺也会跟着。李大旺出来时，换成了便装，戴了帽子和口罩，不注意看很难发现。李大旺有辆电瓶车，在拥挤的街道上，电瓶车有优势，想甩掉他很难。在一段时间里，他每次外出，身后都有李大旺这条尾巴。

他每次见高局长时，都是先把车停在商场地下室，然后坐电梯上到顶层，再坐滚梯下到一层，再走到大街上，确认没有尾巴时，才转进新来茶馆。每次离开时，他也不会贸然走出去，而是观察街上的情况，确认安全他才转身向外走去。

有一次，他回到商场取车，正准备走到商场内坐直梯下去，却发现李大旺站在人流中左顾右盼着。在来商场时，他给小满买了件衣服，他提在手上，过去拍了一下李大旺的肩膀。李大旺见是他，最初的一瞬间先是吃惊，转瞬又假装不经意地说：宋队长，你也在呀。

宋杰把手提高一些：给孩子买了件衣服，你等人？

李大旺忙“啊”了一声。

宋杰说：那我先走一步了。

他下楼，开上车时，看见李大旺在他车后骑着电瓶车的身影。

几次之后，李大旺都无功而返。渐渐地，他对宋杰的警惕性消失了，也懒得再跟踪宋杰了。

侦察与反侦察是刑警的基本功。别说一个李大旺，就是再有十个八个，也不会对宋杰的行动有影响。

有一次快下班时，他刚从幼儿园接回孩子，又回到保安队，便接到了王文强的电话。王文强在电话里说，想在晚上下班时，在公司食堂和他坐坐。他只在刚来长坤公司的时候去过王文强办公室一次，其余时间王文强有事时，都会在会议室里接见他，偶尔也会打电话通知。

他答应了，安顿好小满的晚饭，他便如约而至了。每天他都到食堂吃饭，进包间这是第二次，第一次是秦队长和几个兄弟来看他，王文强在公司请他们一起坐过一次。这次他走进包间时，发现只有王文强一个人，他预感到王文强有话要对他说。

果然，坐下没多久，王文强便说：宋队长，你在保安队屈才了，你这样的人，能到我们长坤公司工作，我受宠若惊。

宋杰不接话，他等着王文强把话说下去。

王文强就又说：你到公司时间也不短了，上上下下也熟悉了，我想请你到公司当副总。

宋杰有些吃惊，放下筷子道：我？我可什么都不懂。

王文强笑着道：宋队长，你是个人才，当初我三顾茅庐请你出山，可不是想让你当个保安队长。你是警察学院毕业的，这么年轻就当上了刑警队长，还不是因为你优秀。

他顿了顿道：王总，我被警队开除，是你给了我口饭吃，什么屈才不屈才的，我现在就是个打工的。

王文强：宋队长，我说的话是认真的。公司以前管理都是我来抓，我年纪大了，精力不比以前了，想找一个副总把管理抓起来。

他也正经起来道：王总，你让我想想，我怕干不好。

好，你考虑一下。宋队长，夫人去世一年多了，你一个人带孩子也不容易，没想再谈一个女朋友？王文强又坐正身子道。

宋杰忙摇头道：现在哪有那个心情。

他真的没有想过，他来到长坤公司，一门心思就是想早日把案件破获了，给妻子复仇。他知道，这是长坤公司一手安排的连环套。苏林的死，让王彪和聂远达浮出了水面，只要聂远达归案，一切都会水落石出的。他现在天天都盼着高局长的好消息，每天二十四小时盼着这样的消息。

王文强见宋杰说得这么坚决，又试探地问：公司的孙秘书怎么样？

王文强说的孙秘书，叫孙可，很年轻很漂亮的一个女孩子。

他刚来长坤公司时，就认识了孙可。是她帮忙把他的档案送到了人事部，然后带着他到各部门走了一遍，算熟悉情况。他走在她的身边，只闻到一股香气。孙可说话总是轻声细语的，每天上班下班，在门口碰见他总会跟他打声招呼。他对孙可很有好感。

王文强又进一步说：孙可是省大学中文系的高才生，写得一手好文章。她还在省报和好多刊物上发表过诗呢。

他还是坚定地摇摇头。他对妻子是有负罪感的，妻子的死是因为自己。妻子死后，他做了几回梦，梦里看见妻子远远地站在他的面前，凄苦无依的样子。妻子在梦里反复对他说的话就是：宋杰，你要为我报仇。几乎每次梦到妻子的梦境都是一样的。当然，他白天也是这么想的，一天也没有间断过。

他要为妻子报仇，不报此仇，妻子死不瞑目。他所有的心思就是早日破案。他身在长坤公司，却找不到一丝半毫的证据，他又时时地在谴责自己。

王文强见他态度坚决，叹了口气道：我都跟孙可说了，孙可可是答应了。

他望着王文强道：我这样子，可不想拖累别人。

王文强又进一步道：你也先别拒绝，你考虑考虑，怎么样？

他担心小满一个人在家，便起身告辞了。王文强仍热情地想挽留他再坐一会儿，他还是告辞了。

关于王文强安排他到公司担任副总的事，他还要向高局长请示。他也觉得，这是更近距离接触长坤公司的好机会，说明王文强对他有所信任了。

他取了车子，驶出长坤公司。过了几个路口之后，有个红灯，车停了下来。紧邻的车道上，一辆车内一点亮光闪了一下。

他下意识地扭过头去，一个戴鸭舌帽的人在点烟，就在火苗燃亮那人脸的一瞬间，他看清了，那人正是聂远达。他没看错，刑警的经历练就了他过目不忘的本领。他见过聂远达两次，一次是聂远达在于浩然的车上，另一次就是几天前在高局长的手机里。

红灯变绿灯的一瞬间，他故意落后一个车位，跟着聂远达的车追了上去。他从怀里掏出手机，按下了呼叫键。

谜　　面

十几分钟以后，他从后视镜里看到了尾随而来的警车。

电话响了，高局长命令他撤离现场。

前方一个十字路口，他向右拐去。刚驶出去没多久，只见十字路口处，警铃声大作。聂远达的车被警车团团围住了。

他匆忙回到家里，走进小满的房间，见小满已经睡着了，枕边放着手机。他查看自己的手机，有三个未接电话，是小满打过来的。他鼻子一酸，关掉小满的床头灯，把孩子的被角又掖了一掖，给小满的手机充上电。

他来到客厅，点起了一支烟，想到了于浩然。聂远达半夜出来，他认为一定是去见于浩然了。他突然想到，今晚王文强安排的这顿饭，一定是调虎离山。不巧的是，他还是发现了聂远达。聂远达只是个替死鬼，在这之前他就这么判断。只要聂远达归案，长坤公司的老底就算露出来了。

他想到于浩然，倦意全消。聂远达被抓，于浩然万一得到消息……他不敢再想下去。

他又一次出门，一路绿灯，很快来到了于浩然居住的小区。他抬眼去寻找于浩然居住的楼层，屋内透过一丝光亮。他把车停在路边，凝视着于浩然的房间，房间的亮光一直没熄。他不放心小满，往回开去，又一次路过聂远达被抓捕的那个路口。这里静悄悄的，似乎什么都没发生过，偶尔有几辆车从路口驶过。

他回家后便躺下去，从怀里掏出手机，又下意识地看了一眼，高局长并没有消息。他把另外一部手机关掉，留下和高局长联系的手机，这部手机自从开通，便没关过机。

那一晚，他睡得并不踏实。聂远达要是招了，这个案子就了结了，妻子的仇也算报了，九泉之下的妻子也会瞑目了。

第二天一早，他刚把小满送到幼儿园，在去往长坤公司的路上，怀里的电话响了。从昨天到现在，他一直盼着这个电话。他接起电话，高局长说：聂远达还没招，你盯紧长坤公司。

他简单回了一句：明白。揣好电话，快速地驶向长坤公司。

这个时间，正是长坤公司上班的时间，人们说说笑笑地走进大门。他看见了王文强的车。过了上班时间，却不见于浩然的车。以前，于浩然总是准时准点地来上班。他又来到停车场，仍没发现于浩然的车。

他有些焦急，担心于浩然得到了聂远达被抓的消息，被迫出逃。他又想起昨晚于浩然家亮着的灯光。

正在这时，王文强的电话进来，让他去找一下于浩然，于浩然的电话没人接，会计所的人在等着查账。

宋杰知道，这几天会计所的人一直在公司做账。这是上市前的最后准备了。这是昨天晚上王文强请他吃饭时说过的话。

他隐隐地感到事情不妙，王文强让他去找于浩然，给了他一个正当的理由。他很快便开车来到了于浩然的小区，把车停在路边，在向小区里走时，拿出电话拨打于浩然的号码。铃声一直响着，仍没人接，他心沉了下来，加速向前走去。下了电梯，来到于浩然家门前，他开始敲门，里面没人应。他观察了下四周，并没有异样，仔细一看，门并没有锁，他用手指关节推开门，也不见异样。他向里面走去，客厅沙发旁，于浩然倒在血泊中。他穿着睡衣，胸前的血已经凝了，地上有一摊血。宋杰退了出来，他第一个想到的凶手就是聂远达。他看见客厅的灯仍亮着。

他站在于浩然房门口，拨打了 110 电话。放下电话，从怀里又掏出另外一部电话，拨给了高局长。还是那个声音：说。

他说：于浩然死于家中。我已经拨打了 110。

高局长：你别动，秦队长带人马上到。

很快，秦队长带几个人出现了。秦队长看见他，公事公办地问：你报的警？

他点点头，倚在楼梯口掏出支烟来。这是他的习惯，以前每次在现场，他都要抽支烟。

秦队长冲手下摆了一下头，几个刑警队的人便走进去，按照惯例在现场取证、拍照，法医验尸。

秦队长没进去，和宋杰站到了一起，伸手道：出来得急，没带烟。宋杰掏出支烟递过去，并打着了火。

秦队长吸口烟道：聂远达刚被抓捕，于浩然就死了。

说完问询地望着宋杰。

宋杰反应过来，忙问：聂远达是谁？

秦队长不好意思地一笑道：忘了跟你说了，他是收买王彪杀死苏林的人。

宋杰装作恍然大悟地点了点头。

秦队长：你是第一个发现尸体的人，你分析一下。

他说：第一嫌疑人应该是聂远达。

秦队长点了下头：要是聂远达案子就简单了，他在我们手上。

刑警和法医都出来了。

宋杰识趣地说：我先告辞了，有事给我打电话。说完欲转身离去。

秦队长一把抓住他的手腕道：既然碰上了就留下来，帮助一起分析一下案情。

秦队长说完，冲几个刑警和法医点了下头。

大刘先说：现场没有发现任何痕迹，包括脚印。指纹都提取了，回去需要进行进一步技术分析。

秦队长又把目光投向了法医。

法医：一刀刺中心脏，凶器不常见，应该是自制的。回局里还要进一步分析。

秦队长看向宋杰，摆了一下头，一个刑警给两人递来了鞋套，这是进现场前必须装备的。

秦队长领着宋杰走进屋内，尸体仍蜷缩在沙发旁的地面上。于浩然的表情很安详，死前似乎并没有经历痛苦。两人蹲下身，查看于浩然身上的刀口。果然一刀毙命，又深又狠。

两人同时抬头，对视一眼，然后走出屋外。

秦队长又冲大刘几个人说：你们把房间里外再搜查一遍。

几个刑警又应声而入。

法医和秦队长打了个招呼，他要带着证据先回局里做进一步化验了。

秦队长这才说：说说你的看法。

在一瞬间，宋杰似乎又回到了在警队的时候，每次出警看完现场，秦队长总会这么说。

他说：是个老手，现场应该是一个人，而且是熟人。受害人完全没有戒备，现场整齐，没有打斗，甚至没有挣扎的痕迹。我刚进来时，门并没有锁，是虚掩着的。这是凶手故意留下的一个悬念。

正在这时，王文强又一次把电话打了进来，急促地说：宋队长，找到于总了吗？

他接电话时，故意把电话的扬声器打开了。他看着秦队长，秦队长给他使了个眼色。

他明白秦队长的用意，回答道：王总，我敲门了，没人应，我再找找。

王文强顿了一下：宋队长，麻烦你，你再去下希尔顿酒店，问问前台，于总去没去过那里。

他冲电话说：好的王总，我这就去。

他挂了电话。

秦队长：看来希尔顿酒店是他们常去的点儿。

刑警大刘从屋内走出来，手里提着一包东西道：队长，在于浩然卧室床头柜里发现了毒品。

秦队长：带走。

宋杰告辞了，他没坐电梯，改走楼梯了。

秦队长在他身后说：不要告诉王文强，以公安的口径为准。

明白。他答道。

他之所以走楼梯，是因为他觉得凶手来于浩然的家不会坐电梯，电梯里有监控。于浩然家住十层，凶手要爬到十层，再走下去。他观察着楼道，一直来到一层，也并没发现异样。

这个小区他之前就留意过，这是个新小区，设备齐全。不仅门口有监控，楼门前和电梯内都有监控。想必秦队长是不会放过这些的。

宋杰回到公司时，王文强和会计所的人在会议室里正忙碌着。见宋杰回来，王文强就出来把宋杰带到自己办公室。宋杰说：于总家里没人，希尔顿饭店也没有。他并没去希尔顿饭店，但他还是这么说了。

王文强拧了下眉头：这个于浩然，干吗去了，电话也不接。害得我把保险柜撬开了，才把公司的账拿出来。

他说：是不是于总昨天喝多了，找个地方休息去了？他故意这么说。

王文强长嘘口气道：这个于浩然真是的，以前从来没见他这样过。你来了，你就盯着查账那摊事吧。省里有个企业家座谈会，我还要去参加。

王文强说完走出门，又回头叮嘱道：不明白的事你就问孙可，以前她一直辅助于浩然查账。

他应了声，向会议室走去。孙可见他进来，端了一杯茶送过来。他放下茶，冲孙可说：我去一趟洗手间。

他走到洗手间，关上门，拨通了高局长电话，把王文强出去开会的事汇报给高局长。高局长只说了一句：我会派人盯着他。便挂断电话。

他冷静下来开始分析，如果昨晚吃饭是王文强的调虎离山之计，那于浩然见聂远达，王文强应该是知道的。于浩然被杀，会有两种可能，王文强也许知道，也许不知道。如果是聂远达杀死了于浩然，他的理由呢？灭口？不对，应该是于浩然灭聂远达的口，而不应该反过来。是王文强指使聂远达杀了于浩然？似乎也说得通，是灭于浩然的口。但聂远达是通缉犯，找一个这么危险的人物去灭口，这似乎又说不过去。宋杰乱七八糟来来回回地想着。一直到了下午，也没理出头绪。

他又在会议室里忙了一会儿。眼见接孩子的时间到了，他和孙可打招呼要去接小满。孙可笑道：我去接吧，今天查完的账还要你签字，不能让会计所的人等咱们。

孙可说完就出去了。

局　面

于浩然的死，两天后发酵了。

先是公安局的通知送达长坤公司。在这两天里，王文强已经预感到了什么，不断地召集公司骨干开会，商量对策。有一天下午，孙可通知宋杰赶到会议室。他上去时，屋内已经坐满了，总工程师，其他副总，还有各车间的主任。在王文强身边有个空位子，他走进去，王文强就把他叫到空位子坐下。

王文强接着开始讲话：宋队长想必大家也都认识，在这之前，我和宋队聊过职务变动问题，今天大家也开会讨论了。下面我宣布，宋队长任公司副总，负责整个公司的管理工作。

众人开始鼓掌。

这一切来得太突然，虽然前两天王文强和他聊过，但他并没有答应。他要征求一下高局长的意见。当晚就发生了聂远达和于浩然的事件。他知道，这两天局里一定很忙，他还没顾得上和高局长汇报。他没想到王文强这么快就宣布了这个结果。

他明白在这时宣布他担任公司副总的用意。于浩然的失踪，公司里议论纷纷，王文强这时候宣布他的职务变动，有稳定军心的意味。他站起来，只能将计就计地说了几句客套话。

会后，王文强把他留下了。王文强开门见山地说：于浩然已经遇害了。我去于浩然家找过他，看到了公安局贴在门上的封条。

他只能装作第一次听说的样子，吃惊地说：于总为什么遇害？

王文强摇了摇头：公安局会给咱们一个说法的。明天我要去北京出差，公司的事你帮忙盯一下，不明白的地方问孙可。我和她交代了，她做你的助理，你有什么事吩咐她做就好。

他明白王文强选择这时候出差是要出去躲避，如果风头不对，也许他就顺势溜了。他离开王文强办公室，便给高局长拨打了一个电话，把王文强要去北京出差，以及长坤公司宣布自己做副总的事汇报给了高局长。高局长说：我正要找你，下午三点老地方见。王文强我们已经安排专人盯守了，他跑不了。你到公司做副总这是好事，只有这样才能接近他们最核心的秘密。

说完便挂上了电话。

宋杰长嘘了一口气。

孙可把他带到了于总的办公室，屋内焕然一新，包括桌椅全部换掉了。这是他第一次来到这间办公室，房间的面积比王文强办公室小一些，在办公桌对面有一张沙发，窗台上还摆着一些花草。

孙可介绍说：王总关照的，把屋里的所有东西都换掉了。

他问孙可：为什么要这样？

孙可压低声音说：你不知道？于总被害了。

他点点头，看来于浩然被杀的事件，全公司的人都知道了。也是，这事是瞒不住的。

他对孙可表示了感谢，孙可微笑着退了出去。

他又想到了于浩然的死，如果不是聂远达会是谁？第一嫌疑人应该是王文强。于浩然知道了公司太多的秘密，指使聂远达杀死苏林的就是他，聂远达成了通缉犯，迟早会被抓住，那么，只有一种可能，是王文强杀死了于浩然。

下午的时候，他去敲王文强办公室的门，想和他打个招呼，孙可从另外一间办公室里探出头告诉他：王总已经离开公司了。

他只好对孙可说：我出去一下，有事打我电话。

孙可愉快地应了。

还是在新来茶馆，他又一次见到了高局长。几天没见，高局长似乎瘦了一圈，见他进来，不停地用手搓着脸颊。他刚一落座，高局长便向他通报了一条不好的消息：我们的线索断了。

他望着高局长，这才看见他眼里布满了血丝。

高局长接着说：聂远达招了，是他收买了王彪害死了苏林，于浩然的死和聂远达没有任何关系。这两天我们调取了事发当天的监控，也找到了证人。聂远达在于浩然死之前找他去要钱，说自己要远走高飞，可于浩然坚持他离开后才会给他钱，两人为这些争执了一会儿，后来就各走各的了。监控里显示聂远达这条线索很完整，他没时间再去杀死于浩然。关于于浩然，他回家，走到门前那条路，便离开了监控。从时间上算，他回到了自己的家，换上了睡衣，甚至洗了澡。他出来时，在客厅里，应该就是这段时间被害了。现场没有留下任何的痕迹，除了刀伤，连个指纹都没有，看来是个老手。小区内外，包括街道周边也没发现任何凶手的踪迹。于浩然小区门前那个监控坏了，我们的线索断了。

宋杰听了这些信息，也是一脸茫然。他在刑警队工作十年时间，办过的案子无数，还没有见到过这样不留一丝痕迹的作案现场。他又问：现场勘查得仔细吗？

高局长：秦队长带人去了三次现场。

他相信秦队长的工作能力，秦队长比他还早五年工作，论业务经验，秦队长比他更丰富。

杀人灭口，熟人作案，他又一次想到了王文强。

他望向高局长，正要把自己的怀疑说出来。

高局长说：王文强我们已经查了，他不在现场，当晚你和王文强在公司分手，他直接回家了。案发时，他的车和人都在家里。

又一条线索被否定了。宋杰整个人都是茫然的状态，但又说：如果是王文强指使的人呢？这事王文强不一定亲自动手。

高局长：那也一定是熟人。从现场看，死者于浩然没有任何防备。

宋杰说：那案子又得重新调查了。

高局长又搓了搓脸道：宋杰，我们遇到对手了。

在宋杰的判断中，聂远达落网，这个案子就该了结了。聂远达供出于浩然，于浩然被收网，再招出实情。逻辑上很简单。没料到就在这节骨眼上，于浩然被害了。又不知凶手是谁，即将见到黎明的天空，又一次被乌云遮盖了。

他说：王文强有没有觉得自己露了马脚要跑路？

高局长道：于浩然死了，他还会跑吗？况且，他也跑不了，我们请公安部支持，通报了海关。

高局长的一句话让宋杰灵醒过来。

高局长又说：这次他去北京，是要见证监会的人，为了他公司上市做准备。

宋杰望着高局长，他都不知道王文强去北京的目的，高局长是怎么知道的？高局长见宋杰带有疑问的目光，才补充道：他和刘副市长一起去北京。长坤公司是咱们市民营企业的典型，是刘副市长亲手树立起来的典型。长坤公司上市，对市领导的政绩是有帮助的。

宋杰明白了，高局长这些消息一定是从另外的渠道得到的。

高局长：我今天和你通报一下案情，看来你现在任重而道远。本想着案子结束就让你归队，看来你还得在外面漂上一阵子了。

关于归队，宋杰无时无刻不在想，他喜欢刑警队的氛围，秦队长、大刘、小川这些好兄弟，他们朝夕相处的时间比家人还多。不仅这些，他更喜欢那种既紧张又松弛的工作状态。一个案子破了，他们轮流做东请大家吃饭，在饭局上说笑。饭局刚完，还沉浸在那种轻松的氛围中，便又一次出警了。车顶上闪烁的警灯就是他们出征的号角，每当红色的警灯闪亮时，他都是兴奋的。

高局长把他安排到长坤公司，他没有任何怨言，他要为妻子复仇。根据目前的案情进展，他更有理由相信，害死妻子的凶手就是长坤公司。于浩然只是一把枪，背后一定还有使枪的人。最初的判断和眼下的案情进展，都证明了他的判断。破获这个案件，就要找到杀死于浩然的幕后黑手。

马 晓 雯

于浩然被害的第二天，马晓雯便被刑警队传唤了。在这之前，她还不知道于浩然出事了。在公安局，刑警队的人问了她一些平平常常的问题，例如，何时最后见到的于浩然，以及于浩然的有关情况，她和于浩然的关系等等。她意识到于浩然出事了，可能和他吸毒有关。这是她的第一反应。她还不知道于浩然被害。

于浩然被害当晚，她和往常一样，在傍晚时分来到了于浩然的家。她帮他打扫卫生。被子叠好了，窗帘拉开了，地面也清扫了，无秩序的东西被重新摆放了。她做完这一切，给于浩然发了一条信息，问他是否需要给他做饭。以前于浩然没有应酬便回到家里吃饭，大多时候都是马晓雯帮着把饭做好，然后等于浩然回来。很快于浩然就回了信息，告诉她，他还要见一个人，回去会很晚。马晓雯接到于浩然的信息，把从冰箱里拿出的菜又放回冰箱，又待了一会儿，把灯关掉，门关好，才坐电梯下楼。

马晓雯来刑警队并不紧张，这里许多人她都认识。确切地说，刑警队的人十有八九都是她父亲的学生，经常到她家里做客。找她了解情况的是大刘，她就问：刘哥，于浩然怎么了？她首先想到的是于浩然吸毒被抓了。于浩然吸毒的事，她早就知道了。她对于浩然吸毒心里是纠结的。不希望他吸毒，也不希望他被抓。此时面对着刑警队的询问，她想象着于浩然绝望的样子。

从最初发现于浩然吸毒时的怒火、不解，到现在的平静面对，不是习惯，是无奈。如果无奈变成了日常，就是一种习惯了。每次于浩然跪在她面前痛哭流涕，抽打自己的耳光，发誓不再吸毒时，她的心又软了。后来，在她眼里，于浩然已经洗心革面了，因为他从不当着她的面吸毒。她为了不让自己的梦破碎，从不去到处翻找他的毒品。这种掩耳盗铃的做法，她知道是在骗自己。生活就是被一种欺骗的假象蒙住了双眼，才会感觉到幸福。她一遍遍用这种方法开导着自己，她不敢正视现实。

离开刑警队时，她问大刘：刘哥，于浩然到底怎么了？

大刘严肃地说：过两天，你就知道了。

她走出公安局，拿起电话试着拨打于浩然的手机，已经关机了。以前，她也遇到过这种情况，她拨打他的手机，他关机，但很快，他就会把电话回过来。她有种不祥的预感。

马晓雯是最后一个知道于浩然被害的。这两天她一直焦虑不安。她甚至和父亲探讨过吸毒被抓会判多少年。

父亲认真地盯着她，小声地问：于浩然被抓了？

父亲已经记不清有多少次劝她离开于浩然了。

从小到大，马晓雯养成了习惯，所有自己想不开的事都会和父亲说。她害怕母亲的唠叨和嘲笑，她信任父亲，父亲在她心里就是一座山，可以依傍的靠山。最初把于浩然吸毒的事告诉父亲，父亲首先想到的是让她离开于浩然。在父亲的眼里这是最简单的办法，但对她来说却是千难万难。爱情这种东西是种化学反应，一旦有爱情了，想戒掉比戒毒还难。在经历了于浩然吸毒事件的折磨后，她给爱情下了个定义——爱情就是毒。

她戒不掉于浩然的心瘾，她中毒了。

自从知道于浩然吸毒后，父亲明显地老了，父亲不想在她面前为这件事喋喋不休，而是装在心里，开始暗中观察她的神态，经常会问：晓雯，怎么样？她知道父亲为什么这么问她，她每次都若无其事地说：挺好的，爸，你不用为我操心了。她嘴上这么说，却掩不住她脸上的憔悴和伤神。知女莫如父。她经历的苦难和折磨疼在父亲的心里。这种血缘关系很奇妙，会产生连锁反应。

她知道父亲在为她操心劳神，她担心父亲为自己的事伤神。在她眼里，父亲从年轻到现在，一直是一个清心寡欲的人。她刚出生时，父亲就是警院的老师，后来晋升为教授。父亲教书育人，生活在学院里，人就变得很单纯，每天大部分时间，父亲都待在自己的书房里，不是写论文就是看书，与母亲的风风火火形成了鲜明的对比。她上学时，只要一回到家看到书房里的父亲，心里就踏实、幸福。一直到现在，每天回到家，见到伏在案前的父亲，她仍然会觉得踏实。只要她回到家，不论父亲多忙，都会放下手头工作，嘘寒问暖一番。

她知道，自己就是父亲的全部。

她考大学时，凭她的高考分数本来可以去北京或者上海更好的学校去上学，父亲却不同意，一定要把她留在身边，在省内上大学。她上大学时，不像其他同学住校，她是走读，每天放学都会回到家里，这是父亲要求的。她也习惯了父亲的要求。

为此，母亲和父亲吵过架。在她的印象中，父亲很少和母亲吵架。一个风风火火，一个沉稳有余，是最好的互补。母亲当时把茶几上的一摞学习资料扔到地上，扯开嗓门冲父亲喊：你不让孩子出去，能有什么出息？想让孩子和你我一样啊！

母亲一直怀才不遇的样子。她一直说自己不够聪明，没考上好大学，才在现在的工作岗位上。要是有点本事，一定考到北京，在北京干大事业。

母亲发火，父亲却不急，走过去把那摞学习资料从地上拾起来，重新摆到茶几上，推推眼镜说：在省里上大学有什么不好，平安是福。我就这么一个女儿，我要天天看到她。父亲这么说，母亲便没了脾气，虽有不满，也变成嘟嘟囔囔了。

她大学毕业时，已经和于浩然公开了恋爱关系。虽说于浩然在小孤山工作，那会儿正奔波在爱情和工作的路上。父亲没有说什么，反而开导她说：爱情不在于朝朝暮暮。父亲的话坚定了她对爱情的决心。一直到于浩然随公司回到了城里，父亲才释然地说：你该结婚了。

那会儿，父亲就催她结婚。她的许多同学毕业后，陆陆续续开始结婚了。最后，只剩下马晓雯一个人了。

父亲催，那会儿母亲也催。母亲还没从机关退休，但已经患上了退休恐惧症，整天忙叨外面的事，不论说什么，没说两句就急。母亲一急就说：你这婚还结不结了？不结拉倒，别结了。不行，再谈一个。提起晓雯的婚事，母亲总是没好气。

父亲就冲母亲说：好好说话，当妈的怎么能和孩子这么说话。

天天在我面前晃，晃得我来气。母亲“砰”地关上自己的房门，在屋内不停地摔东西。

这时父亲总会安慰晓雯道：你妈闹更年期呢，别和你妈一般见识，不过你也该结婚了。

晓雯叫了一声：爸。便伏在他的肩上。

晓雯说过，于浩然在忙工作，刚从小孤山搬到城里。

日子平稳下来了，父亲隔三岔五地还会和晓雯探讨结婚的事。晓雯每次都说：不急，明年我们再考虑。

不知又过了几年，更记不清父亲催了她多少次。自从父亲知道于浩然吸毒的事之后，便没再催过她。

从那以后，父亲总是很小心地打量她，和她说话也小心翼翼的。也是从那之后，父亲的嘴里再也没有出现过于浩然的名字。

直到前几天，父亲突然问她：晓雯，你今年多大了？

她知道父亲在为她的事着急，便说：爸，我和于浩然商量了，五一就结婚。

他们说这话时，是一月份，刚过完元旦没几天。

父亲没说话，走到书房的窗前。

她望着父亲的背影道：爸，我五一就结婚了，再也不让你和我妈为我操心了。

父亲没说话，也没回头。半晌才说：一定要和他结吗？

她低下头道：爸，我知道你对他不满意，可我还是放不下。先让我迈出这一步吧，不行就离，也算了了我一桩心事。

她看见父亲在默默地流泪。父亲一直没有回头。

她从公安局出来，直接回到家里，父亲正坐在书房里发呆。最近这阵子，父亲经常在书房里发呆。

她心事重重地放下包，又洗了手。和每天回家时一样，不同的是多了心事。她出现在父亲房间门口，父亲也抬眼望着她。她终于没有忍住道：爸，我刚才去了公安局。

她看见父亲的身子颤了一下，盯在她脸上的目光却没动。

她尽力轻描淡写地说：可能于浩然出了点小事。

父亲的头微微点了下，并没有深问。

于浩然的死讯是第二天长坤公司的孙可打电话通知她的。她以前去长坤公司时见过孙可，是办公室的秘书，很年轻很漂亮。孙可在电话里把于浩然的死讯告诉了她，并让她去办公室把于浩然的私人物品清理走。她似乎没听清又问了句：你说于浩然怎么了？孙可在电话里又重复了一遍。

她的天塌了。

她知道于浩然吸毒后，有过千万种设想，但她从来没想过他会被人害死。

她得到公安局的结论是他杀，案件还在侦破之中。她的世界就混沌了。

出处

聂远达浮出水面之后，宋杰隐约觉得这个人和妻子被害有关系。聂远达被抓，起初并没有交代妻子的那起车祸，他只承认苏林是他指使内勤王彪杀死的，意图减轻自己的罪行。

聂远达是于浩然老家的一个亲戚，于浩然叫聂远达表哥。表哥聂远达来到城里是投奔于浩然的，于浩然没有把聂远达安排在长坤公司，而是给他介绍了一个临时工。聂远达并不安于现状，他从这个单位又跳到另外一个单位。自己没文凭，也没技术，只干一些临时工作。他在当保安时，认识了内勤辅警王彪，两人称兄道弟成了好哥们儿。后来又认识了卡车司机刘大成，几个人没事便在一起吃吃喝喝，成了好朋友。

起初，于浩然并不待见这个表哥。聂远达在每次跳槽混不下去时，都会去找于浩然，靠于浩然接济着渡过难关。

当发现宋杰开始盯上他们长坤公司时，于浩然和王文强有过交流。王文强只说了一句话：不惜代价把这件事处理干净。于浩然知道，这事不能让王总来出面，只能自己想办法去摆平。于浩然想到了表哥聂远达，最初的设想是用车祸的形式让宋杰死于非命。于浩然许诺说：这事不白干。身处底层的聂远达只要一提挣钱便两眼放光。先从于浩然那里拿来五万元钱，便开始和刘大成、王彪吃吃喝喝，还不断施小恩小惠于二人。后来，聂远达找到刘大成把自己的想法说了，刘大成吃惊地看着他说：你让我去杀警察，你疯了。

聂远达拿出一万块钱拍在刘大成面前，说事成之后还有更多好处。

刘大成不是个傻子，用一万块钱就想收买他去坐牢，他当即就露出难色道：远达哥，这事不成，我还有一家老小，都指着我一个人生活呢。

刘大成用贷款买了这辆卡车，打零工似的干活，哪儿有活就跑哪儿。去年又出了场车祸，赔了人家好几万，再加上买车贷款的钱，刘大成想挣钱也到了疯狂的地步。

聂远达理解刘大成的想法，当即给于浩然打了个电话。很快，聂远达的卡上就多出了二十万。他到银行先取出十万，交给刘大成。刘大成接钱时，差点把一兜子钱扔到地上。他打开装钱的兜子瞄了一眼，道：这是定金，事成之后，还得这么多。

聂远达当即和刘大成击了掌。

刘大成最初并不顺利，聂远达把宋杰的照片给他看了，又求王彪把刘大成带到刑警队指了宋杰真人确认了。接下来他就开着卡车开始跟踪宋杰。

他下不去手，也没机会下手。几日之后，他找到聂远达说：那个宋队长开着警车，我也不敢撞啊。

聂远达就生气地道：都几天过去了，还没个动静。

聂远达又把宋杰居住的小区告诉了他道：白天没机会下手，就等晚上，他下班回家不会开警车。

聂远达又去小区门前转悠，仍没发现宋杰的踪影。

一直到宋杰跟踪从长坤公司驶出来的卡车，刘大成终于找到了下手的机会。这次不是去杀宋杰，而是改成了杀死他的妻子。刘大成壮起胆，杀人前，故意喝了酒。他知道酒驾和故意杀人是什么后果。他成功了。在这之前，刘大成想好了，酒驾车祸撞死人，顶多判几年。

刘大成在完成任务后，他先打了 120，然后又拨打了 110。做这一切时，他并没有慌张。

果然，车祸后，结论就是一起因酒后驾车引起的意外事故。他庆幸自己的成功。

结果他被判了五年。服刑后，聂远达去探望了他。在这期间，他把另外十万已经送到刘大成家去了。他老婆孩子见了从天而降的十万元钱，眼睛都绿了。

聂远达怀着一个胜利者的心态出现在了刘大成面前。刘大成给聂远达使了个眼色，提醒他身边有狱警，不让他乱说。不用他提示，聂远达也知道该说什么。聂远达告诉他一家老小都安好，让刘大成放心。聂远达去看刘大成是为了稳他的心，怕他乱咬自己。

那件事之后，聂远达从表弟于浩然那里又得到了二十万。他现在不再打工了，租了个房子便开始混日子了。

指使王彪对苏林下手时，王彪头摇得跟跳大神一样，当即拒绝了。当时他正在和聂远达喝酒。

聂远达把一张喷着酒气的嘴贴在王彪的耳边说：那人说了，事成之后，给你五十万。

王彪躲开身子还是摇头。

聂远达见五十万不能收买王彪，便又伸出了三个手指道：再加三十个。这个数怕你一辈子也挣不来吧。

王彪的脸僵硬在那里道：这是拿命换。

聂远达见有门儿，便又心生一计道：接触苏林的不是你一个人，他们怎么知道是你干的？

王彪：你没在刑警队待过，别说这小案子，比这再难十倍，他们都破得了。我可见识过。

聂远达故弄玄虚地说：长坤公司的来头你听说过吧，老总王文强什么没见过，省长、市长都是他朋友。你先进去，在里面待上个三两年，他们会找人捞你。你当辅警这么多年，不至于连这个也不懂吧。

王彪开始动摇了，又喝了几口酒道：八十万太少了，不值。万一我出不来，在里面待一辈子，不值。

王彪又开始摇头。

聂远达拍一下他的肩道：你等一下，我打个电话。

他在外面又把电话打给了于浩然。最初的时候，于浩然给了他一百万，他之所以说给王彪八十万，是想把那二十万私吞了。这回他又狮子大开口地道：表弟，人家说了，没有二百个人家不干。

没料到，于浩然当即就答应了。

他回到王彪面前，伸出一只手翻了三下，并补充道：不能再多了。

王彪沉吟一会儿道：我接了。必须把钱马上打到我账上。

当即，聂远达从怀里掏出一粒胶囊，递给王彪道：把这药打开，拌到饭里让那个苏林吃下去就行。

王彪把药丸接了，又补充道：钱不到卡里我是不会干的。

说完拿过一张纸，写下了卡号。

第二天一早，那笔一百五十万的现金就到了账上。他开通了短信通知，一到账，手机就有提醒。

王彪负责看守所送饭和打扫卫生的工作。平时工作时都两人以上，还有警察监督完成，他那天从中午就开始找机会，一直没找到。到晚上时，和自己一起的另外一名内勤去忙别的事，他才找到下手的机会。

苏林死了。很快，王彪便被抓了起来。铁证面前，他无法狡辩了。

王彪被抓这事，聂远达和于浩然并不知情。第二天，聂远达用公共电话还给王彪打过电话。当时王彪并没说什么，只是说：你别给我打电话了，危险。就说了这一句，便挂断电话。过了两天，聂远达心里不踏实，又找了公共电话打过去，王彪的电话已经关机了。

聂远达开始慌了，找于浩然想对策。于浩然说：你跑吧。

他问：跑，往哪儿跑？

越远越好，最好是去国外。于浩然说。

聂远达这辈子也没出过国。

于浩然说：你快回老家办个护照，别回来了，先去缅甸，从那里再去泰国。他们一时半会儿抓不到你，这里有我呢，不会有大事的。

于浩然安慰着他。他躲在出租屋内，并没有马上跑，而是思前想后。他不甘心，想最后一次再向表弟要些钱。

他最后一次见于浩然就是商量要钱和逃跑的事。当时，于浩然答应再给他一百万，让他永远别回来了。从于浩然那里离开，他想回去收拾下东西，然后连夜出城回老家。就在他回去的路上，被警察抓到了。

他只能供出了于浩然。他此时并不知道于浩然已经死了。

宋杰和马晓雯

司机刘大成是杀死杨雪的凶手，祸首却是于浩然。这一连串的事件联系在一起，便成了一张网。

宋杰又一次和高龙彬见面时，提出了一个想法，就是对长坤公司进行彻底搜查，审问王文强。

他的想法却被高龙彬否定了。高局长说：我们目前的证据都指向了于浩然，长坤公司和王文强方面并没有直接证据。一连串事情的发生，王文强早已警觉了。我们搜查，如果搜不到证据，那我们的工作会相当被动。我们明知道长坤公司是有嫌疑的，现在要的就是长坤公司和王文强的证据。

宋杰佩服高局长的稳重。疑罪从无的法律条款，让刑警在办案中要更加周密和小心。

高局长又指示宋杰：你有机会接近王文强，要将计就计，拿到长坤公司的证据。表面上我们要稳住王文强，让他感觉到，我们只掌握于浩然的证据。

宋杰点了点头。

高局长又说：撞死你妻子的刘大成马上就要改判。真正的敌人不是刘大成和于浩然，而是他们背后的指使者。

宋杰离开高局长，高局长的话仍然响在耳边。此时他感谢当时的冲动，如果没有那样的机会，他就无法接触长坤公司。

不久，公安局一纸结案决定送到了长坤公司。当时王文强不在公司，签收人是孙可。当孙可把公安局这一决定递送给王文强时，王文强不动声色地把这一纸决定看完了。

很快，王文强召开了一次会议，长坤公司部门经理以上的人都参加了。王文强在会上传达了公安局的决定之后，才抬起头说：于浩然是我们公司的人，发生了这样的事情，我们却没发现，这是我的责任。差点让于浩然害了我们长坤公司。这是个教训。还有采购部的苏林，他们借助公司的平台，干一些违法的勾当。这个责任和大家没关系，我是公司的董事长兼总经理，我要向大家赔罪。他站起来，深深地向与会者鞠了一躬。

他重新坐下后，目光盯着宋杰道：公司研究决定，让宋杰同志接手于浩然之前的工作。希望宋杰尽快熟悉公司的业务，为长坤公司做贡献。

说完带头鼓起了掌。

宋杰摇身一变，成为名正言顺的公司副总。他知道这是王文强拉拢他的又一步骤。

走在公司里，再没人称呼他宋队长了，而是改成了宋总。保安队李大旺成了队长。

成了公司副总，他的工作就多了起来，不是检查工作就是开会。每天去幼儿园接送小满的任务便落到了孙可身上。他把家门的钥匙交给了孙可。之前有几次，孙可直接将孩子带到了公司。现在他是名正言顺的公司副总了，身边带个孩子不合适。

孙可接了孩子之后冲他说：宋总，我发现小满有些不对劲。

他忙问：怎么了？

妻子被害之后，他又当爹又当娘，努力扮演好自己的角色。在这之前，有妻子照料小满他是放心的。小满失去了母亲，他不想让小满失去爱。只要回到家里，他都尽力陪伴在孩子身边。即便小满晚上睡着了，他都要到小满房间查看几次，替他盖上被子，然后摸一摸孩子的小脸。

孙可说：小满似乎情绪不高，也不爱说话。我去幼儿园接小满时，园长吴老师也说这几天孩子有些不对劲。

他冲孙可说：我知道了，一会儿我早点回去。

他回到家时，发现小满正躲在自己的房间，似乎刚哭过。宋杰坐到小满床边道：小满，怎么哭了？

小满见了他，满脸委屈，似乎又要哭出来的样子。

他蹲下身，把小满抱在怀里：小满，有事不能瞒着爸爸。有事不说不是好孩子。

小满“哇”的一声哭起来。

他一边给小满擦泪，一边说：有小朋友欺负你了，还是老师批评你了？

小满摇摇头。

他把小满转过来，盯着小满的脸道：到底发生了什么，快跟爸爸说。有什么事爸爸替你想办法。

小满抽泣着，跑到自己的床旁，从枕头下拿起手机道：妈妈不爱跟我说话了，妈妈说不舒服，她说自己病了。

宋杰听小满这么说，脑子一下子蒙了。他接过小满的手机，查看着小满的通讯录。标记着妈妈的那个电话号码，这段时间，小满每天都和这个号码通电话，有时一天几个，最长的竟然有四十分钟。最近几天的却很短，才几秒钟一次。

小满胆怯地道：爸爸，你一定保密，妈妈说，要是让外人知道，她就不能和我通话了。妈妈在天堂里，离家很远。

他把手机还给小满，意识到了什么。现在算起来，妻子已经离开他们有一年多了。小满这么说时，他意识到，一定有人装作小满的妈妈和小满通电话。不管她是谁，他都应该感谢这个人，是她给了小满希望。想到这儿，他拍着小满说：妈妈生病了，她没力气讲话了。等过几天妈妈身体好了，还会和你通话的。

小满听了，泪水又流出来：妈妈太可怜了，生病了都没人照顾。

他安慰小满道：天堂里有医生，还有好多叔叔阿姨，他们会照顾妈妈的。

说到这儿他心疼了一下，眼圈发热，不知是为了妻子还是小满。

他劝好小满之后，走回到自己车里，拿出自己的手机。妻子的电话号码他没有删掉，仍和以前一样，写着妻子的名字——杨雪。很多时候，他翻手机上的电话本时，妻子的名字都会在他指间滑过。滑到妻子名字时，他总会停下来，看上几秒。他又一次想起了妻子的音容笑貌。他到现在仍然保留着妻子最后一次发给他的信息，妻子说：天冷，早点回来。今天我炖了排骨，我和小满等你一起回来吃。妻子这条信息，成了她的绝笔。每当他看到这条信息时，心里都翻江倒海似的难过上一阵子。

他终于下定决心，把电话拨了过去。

电话铃响了几声之后，一个声音传了过来，叫了一声：宋哥。

他怔住了，这人怎么会有自己的电话号码，还对自己熟悉？

他低下声音问：我是宋杰，请问你是？

对方说：我是晓雯，宋哥，是不是小满出什么事了？

马晓雯，世上竟有这么巧的事，妻子的电话号码竟在她手里。

马晓雯又问：是不是小满把我们之间的秘密说出来了？

他握着电话久久没有说话。晓雯在电话里“喂”着，然后又问：宋哥，你怎么了？

他说：你在哪儿？

她说：我在家里。

他放下电话，开上车，径直向马教授家开去。他这两天一直在想，要去马教授家，看看他们一家人。毕竟于浩然出事了，无论如何对他们来说都是一次打击。

他敲开马教授家门时，是马晓雯开的门。她穿着睡衣，头发有些凌乱，眼睛红肿着。她嗔怪道：宋哥，你怎么来了？

他进门才发现，家里只有晓雯一个人。晓雯说：我爸妈还没回来。

他盯着晓雯道：晓雯，对不起，小满让你受累了。

她凄然笑了一下，低下头：是我对不起你们，我刚知道，是于浩然害死了杨姐。

这件事对马晓雯的冲击太大了。最初得到的消息是于浩然在家中被害，然后就是于浩然指使聂远达害死了苏林和杨雪。最初的一瞬间，她几乎不相信自己的眼睛和耳朵。在这之前，她知道于浩然吸毒，她默默地承受着这一切，一直希望他能够戒毒。爱情蒙蔽了她的判断。于浩然刚出事的第二天，她就被公安局通知去了解情况。那会儿，她最坏的打算就是于浩然吸毒的事情败露了；但她也想到了好的一方面，于浩然被公安局送去戒毒，甚至她希望这对于浩然会是个转折点。

然而，她得到的消息却是于浩然死了。后来她又听说，于浩然是杀人的凶手，苏林和杨雪都是他害死的。从不相信到相信，她感到后怕。

她被现实击倒了，她已经一连一个星期没有去上班了。在这一个星期的时间里，她回忆了他们的爱情，她是悲伤的。还是父亲的一句话点醒了她。父亲站在她床前说：于浩然的事不是你一个人的责任，其实你和于浩然不合适。是我们没有阻拦你。于浩然穷怕了，才走上这条路。

从恋爱时，她就知道他穷，他上大学的学费都是靠他每学期放假打工挣来的。在大学四年时间里，他没回过一次老家。他对她说过：我恨我的家庭。他恨，因为贫穷。在她的印象里，于浩然工作后也没回过几次老家。直到这时，她才发现她最初爱上于浩然时就被蒙蔽了。

当初他们相爱，是因为她看上了他的努力和奋斗。正是于浩然的自强不息让她爱上了他。她却没有想过，他们压根儿就不是一个类型的人。

那天，马晓雯把自己换电话，到小满和她通电话的事和宋杰说了。宋杰想着小满电话里的样子，眼睛红了。马晓雯说：我愿意和小满打电话，每次打电话我也想流泪。我会和小满一直通电话，在电话里当他的妈妈，算是为自己赎罪吧。

宋杰对马晓雯是感谢的，有了马晓雯的存在，会让小满的生活充满阳光。

交　集

高局长给宋杰传达的最新任务，就是尽快摸清长坤公司的底牌。

于浩然的死似乎给一系列的事件画上了句号。一切线索都止于于浩然，长坤公司的调查似乎又得重新开始了。

宋杰身份的转换，让他看似更接近长坤公司的内幕，现实却是，他只了解公司的皮毛。

在孙可的帮助下，他渐渐了解了公司的工作。王文强给他分派的任务是主管生产和后勤。公司的后勤工作，就是看管这些房屋，哪儿漏水了、断电了都要找他。另外，他负责车间的生产。现在公司有四个车间，两个车间生产西药，两个车间生产中药。他现在没事就会到车间转一转。车间的工作由车间主任，还有工程师负责。车间一天二十四小时正常运转着。后来他了解到，车间生产的药有许多品种并不是市场上紧俏急缺的。他暗自算了笔账，这些药并不能给公司带来多大效益，公司上下却很红火，并不缺钱的样子。长坤公司白手起家，从小孤山镇迁到市里，不仅买了地皮，还盖起这么多楼房，其中原因看来只有王文强少数几个人知道了。

宋杰要真正取得王文强的信任，尚需时间。虽然自己调到了公司，名义上是公司副总，但他发现王文强和那几个公司高管并不真正信任他。他经常和公司高管在一起开会，每个人说的都是表面上的话，生产、销售、安全，老一套的内容。

对于王文强来说，安排宋杰进入公司高层，受到了现在公司高层大部分人的反对。他当过警察的身份成了双刃剑。王文强最后说了两点，才平息了一些高层的不满，他说：如果宋杰可以争取，这是一次机会。争取宋杰有利无害，他的身份和他的关系，会为公司带来意想不到的好处。其次，如果宋杰真是卧底，那我们只能将计就计，让宋杰相信长坤公司是清白的。王文强一箭双雕的想法，宋杰已经看透了一二。他不动声色，装作什么都不懂，遇到事就去请教王文强。只要公司在接小满的时间没特殊事情，他照例去接小满，和以前并无二致。

他自从到了公司机关，便和孙可的关系微妙起来。在这之前，王文强要给他介绍女朋友，介绍的对象就是孙可。虽然被他当即否定了，但他每次见到孙可还是有种莫名的感觉。

有一次，王文强踱到他的办公室，孙可正在拿着报表，向他汇报车间的生产进度。王文强来了，孙可忙叫了声王总，便走了出去。王文强乐呵呵地坐到宋杰对面的椅子上，然后道：孙可是好姑娘，不错吧？

他只笑笑说：工作挺认真的。

王文强道：弟妹去世一年多了，你该放下了。孙可这姑娘大学毕业就来到公司了，人很单纯。

提起妻子，他的情绪低落了下去。

王文强马上又补充道：于浩然真没看出来，瞒着我，瞒着所有公司的人，竟干出这么多坏事恶事。你妻子竟也是被他害死的。

王文强一提于浩然，宋杰就不说话了，望着王文强。他多么希望自己能透过那张脸，看到他脑子里的秘密呀。

王文强又说：我们都被骗了。公安局应该顺着他这条线索挖下去，干这么多恶事的人背后一定有背景。

宋杰一笑道：王总，我不是刑警队的人了，即便是也没法查下去了。于浩然死了，所有的线索都没了。

王文强又说：听说，杀死于浩然的人还没有抓到。

他摇摇头道：不知道，没听说过。在王文强面前他只能装糊涂。

王文强：我相信，杀死于浩然的那个人一定是幕后黑手，抓到那个凶手一切都真相大白了。现在社会上许多人都在传是我指使人杀了于浩然。说到这儿，王文强摇摇头道：我真希望公安局早点破案，还我们一个清白。他故意把“我们”加重了语气。

宋杰点点头道：公安局早晚一定会破获此案。

王文强舒心地笑了。

王文强有个特点，他有事从来不把当事人叫到自己办公室，而是径直来到对方办公室。外面有什么人到访，办公室的人都会把到访的人带到会议室。他仅去过两次王文强的办公室，一次是刚来到长坤公司时，另一次是他被调到公司机关之后。王文强的办公室是个套间，外面这间足够宽大，有办公桌，有沙发，还有一个茶台。里面那间稍小一些，摆着一张单人床。在他眼里，王文强的办公室藏不住秘密。他问过孙可。孙可说：王总有洁癖，他不喜欢别人进他办公室，卫生都是自己打扫。他面对孙可的解释，淡淡地笑一笑。

他调到公司机关担任副总之后，又上上下下把公司检查了一遍，包括五层以上空出来被铁栅栏隔开的几层。他让孙可从办公室拿到钥匙，他上去过一次。那里除了放一些办公用品之外，许多房间都是空的，墙角被蜘蛛网覆盖了。

他甚至产生了某种错觉，长坤公司是个安分守己的企业。

自从当了副总后，只要他脱不开身，接小满的任务就落到了孙可的身上。最初他有些不放心，怕小满认生，几次之后，他渐渐地也就放心了。

每次接完小满回来，他的会还没开完，孙可便给他发信息说：小满自己在家看电视呢，冰箱里的水果我拿出来切好，放到小满屋里了。

他总是在第一时间看到这样的信息，然后发一条“谢谢”的短信。心情好时，还会配上一个笑脸的表情。

也有时，孙可回来晚一些。回来时，并不过多解释。

很多次，他下班回到家时，孙可已经把饭菜做好了，有的放到蒸锅里，有的放到微波炉里。孙可做的饭菜和她的人一样，很清新的样子。

小满就说：孙可阿姨给我买好吃的了。说完拿出一堆零食。

小满还说：孙可阿姨的菜好吃，像妈妈做的一样。

他听了小满的话，情绪就复杂了一些。他又想到了马晓雯。小满又恢复了正常，看来，马晓雯也正常了吧。他这么想。

有时他发现冰箱里的东西都放满了，有肉有蛋，还有各种蔬菜，整齐地摆放着。他心里有种感动，见到孙可时，把一沓钱递给孙可。孙可一怔，他说：怎么能用你的钱，你帮我，我就感激不尽了。孙可又怔了一下，把钱拿起来，抽出几张，又把剩下的推给他。他并不说什么，只冲她笑一笑。

孙可走了，留在他身边的是年轻女人特有的味道。心里有个什么东西动了下，他忙起身，走到窗前，他抑制着自己的这种感觉。他想到了妻子杨雪。虽然于浩然被杀，司机也被判了死刑，但他知道，这仇还没报完，后面还有一个凶手，他才是杀死妻子的真凶。

马晓雯

马晓雯似乎已经从于浩然的事件中走出来了。她开始正常上班了，脸上也有了笑意。这一切和马教授所做的工作分不开。

最初马晓雯把自己关在房间里以泪洗面时，马教授并没有干预太多。几日之后，马教授推开了女儿的房门，拉把椅子坐在马晓雯的床旁。

马教授说：晓雯，在你的生命里，自己重要还是于浩然重要？

马晓雯不说话。这些天来，她无数次回忆和于浩然在一起的细节。当一个人陷入回忆时，往往想的都是美好的。马晓雯问自己：为什么自己的记忆里只剩下那些美好的事物？

马教授说：你想想，这么多年你为什么没和于浩然结婚？

她在这之前就想过，她一直希望于浩然把毒瘾戒掉。她一直等待他。

马教授又说：于浩然这个样子，你和他结婚会有前途吗？

她和于浩然刚在一起时，无数次做梦都梦见他们结婚的场面。她期待着自己的归宿。后来的变化，她想过逃离，也想过坚守。自从和父亲说完于浩然的真实情况后，虽然父亲嘴上并没多说什么，但她突然发现父亲老了，笑容在脸上停留的时间越来越短。她想离开于浩然，又下不了决心。她突然横下心，做了个决定：要和于浩然结婚。也许结婚了，一切都一了百了了。父亲再也不会为她提心吊胆了。他们一起添置了东西，甚至买了几个大红的喜字。在这之前，她在和父母一起吃饭时，把自己要和于浩然结婚的消息告诉了父母。母亲说：自己的事自己拿主意，是好是坏和我们没关系。父亲没有说话，吃完饭，把碗筷收拾到了厨房，跟着她来到了她的房间。晓雯从抽屉里拿出一枚婚戒展示给父亲看：爸，好看吗？

父亲没看那枚婚戒，叹口气道：你真想好了？

她放下婚戒道：爸，就这样吧，我不想再纠结了，也想让你放心。

父亲有些痛苦地望着女儿，半晌问：他的毒戒了？

这是她心里永远的痛。他在她面前戒过毒，让她用胶带把自己绑在床上。当他毒瘾犯了，他在床上痛苦的样子，哭天抢地，甚至浑身抽搐，鼻涕眼泪流了一床。他哀求她，从床上又滚落到地上。她不忍心看他受到如此的折磨，然后把他放开。一次又一次，他的戒毒计划和决心随着毒瘾的发作而化成泡沫。

久了，她的心似乎已经麻木了。在以后的日子里，他不再当着她的面去吸毒。她也有意回避着。这种掩耳盗铃的做法，让他们的心安了些。她只能采取这种自欺欺人的办法。

父亲这么说，她的心又痛了一下。在他们商量结婚时，她是下了决心的。当她把结婚的决心告诉于浩然时，于浩然沉默半晌道：也好。当即，于浩然把房本和银行卡交到她手上道：这些都是你的。万一有一天我发生意外，这些东西别让外人拿走。在这之前，他曾要把银行卡交给她，她拒绝了。她不需要这些东西，她要的是爱情。当他这么说时，她抱住了他，她在他的背上流下了一行热泪。

其实，当时的于浩然已经有了这种不祥的预感了。

她还是下定决心要和他结婚，哪怕他们只在一起生活一年、一个月、一天，他们也是夫妻了，多年的恋爱也有了结果。

前几年，他们一个又一个同学结婚，请柬发给他们时，他们欢天喜地地去参加同学们的婚礼。后来又有外地的同学结婚，消息传来时，她跟他说了，他不说话，她知道他心里难过。她说：你快把毒戒了吧，然后咱们结婚要个孩子。他笑一笑说：好。

他工作之后，回过几次老家，每次回老家都要办一件大事。先是帮哥哥结了婚，后来又在老家盖了新房。老家的人都说于浩然出息了，没忘本。上了四年大学没回过老家是因为穷，他现在荣归故里了。他帮过亲戚朋友，帮他们在老家盖上新房，但他不允许老家的人到省城里来找他。也有一些人慕名而来，这些人他连公司的门都不让进，而是领着这些人住进宾馆，留下些钱让他们在城里玩几天。

他做这些时，她没说过一句怨言。他和她说过，在他的老家，考上大学的只有他一个人。他从小学到中学，没穿过一件新衣服，都是哥哥剩下的衣服。他们老家穷，在山沟里，三面环山，只有一条通车的路。电费都交不起，许多人家还在用煤油灯。

这就是他描述的老家。

他努力拼命工作，有了收获去报答故乡的亲人和朋友，但却不让他们来找他，他怕丢人，她理解。她听着他贫穷的故事，就像听《天方夜谭》里的故事。

这一切，都是他们恋爱之后，她了解到的。这一切更加深了她对他的信任。她不求大福大贵，只求安稳可靠。

他最初吸毒被她发现时，他一会儿说是工作需要，然后又忙说：公司搞销售，要拉拢客人，是陪客人吸的。这东西许多人都吸，就像吸烟一样，不会有什么后果。最初是她对毒品的无知纵容了他，等久了之后，一切已经晚了。

听说他们要结婚，父亲坐在她的床沿上，久久没有说话，伸手拢了一下花白的头发。她发现父亲的头发像一堆枯草，在沙沙作响。可她没等来和于浩然结婚。

那天父亲在她床前说：你天天躺在床上悲伤，能解决什么问题？你要走出去，还要工作。

于浩然出事之后，她向学校请了假，另外一个老师帮她代课。转眼已经半个月过去了，父亲的话提醒了她，她不能永远地在床上躺下去，她还要工作、生活。她想到了宋杰，杨雪姐去世后，宋杰很快就站了起来，他又开始了新的工作。此时，宋杰成了她人生的榜样。

傍晚，她起了床，洗脸梳头，下楼在小区里走了一圈。她看到散步的人们，还看到一群在跳广场舞的大妈，还有几只小区住户养的小狗，在草丛里撒欢儿乱跑。久违的生活，这是她的生活，突然，她被眼前的一切感动了。

她打开了自己的手机，看到一长串未接电话，这些未接电话都来自一个号码，是小满。她和小满通话是两个人之间的秘密。她第一次接到小满电话时，就被小满感动了。小满一家她早就熟悉。杨雪出车祸那几天，小满被母亲带到家里，她哄过小满，给他买好吃的、好玩的东西。

当时小满就问：阿姨，我妈呢？

她说：出差了。

他又问：我爸爸呢？

她说：也出差了。

面对孩子她只能这么说。

几天后，处理完妻子的后事，宋杰把孩子接走了。那会儿她还没有意识到宋杰有多么坚强，直到此时，她才深深体悟到宋杰是多么的不容易。

后来她又听说，宋杰离开刑警队，去了长坤公司做了保安队长。从刑警队队长到保安队长，这个落差有些大，她以为宋杰无法接受。没想到，宋杰还是以前那个宋杰，乐呵呵的，目光坚毅，似乎从来没有发生过什么事情。

她要振作，生活还要继续。第二天她就去上班了。人们在她的脸上似乎没有看到更多变化，她只是比之前瘦了一些，眼神有些恍惚。她教的化学课很受学生们欢迎，她的出现引得全班学生起立，集体为她鼓掌。她望着眼前的同学们，眼睛湿润了。

那天放学之后，她没有直接回家，而是来到了于浩然的住处。自从他出事后，她还是第一次来。于浩然出事那一晚，她还来过，和往常一样，把房间卫生打扫一遍。早过了下班时间，她给他发信息，他回复说还要见个人，晚点回去。

她等他，躺在沙发上看电视，似乎还睡了会儿。后来时间太晚，她就离开了，关了客厅的灯。这是出事前她最后一次来于浩然的住处。

她又一次来到这里，一切还是那么熟悉，公安局在门上贴的封条早就不见了。她打开门，看到房间内的一切依旧，似乎这里从来没有发生过什么。于浩然还在，她只是在等他回来。那张饭桌在客厅一侧，这是她在这里批改学生作业的地方。没出事前，她经常在这张桌上批改作业。她又坐下，拿出学生们的作业。这时电话突然响起，是小满的电话。

每次接小满的电话，她都充满了感动，为了小满的念想。小满把她当成了在天堂里的妈妈，孩子的纯真让她动容。小满每次接通电话都会说：妈妈，你累不累？天堂冷不冷？累了你就坐下歇歇。你多穿衣服，爸爸说多穿衣服就不冷了。我从幼儿园放学了，爸爸上班呢，家里就我一个人。王小迪今天送给我一袋饼干，是她妈妈去国外带回来的，可好吃了。妈妈我就吃两块，剩下的都留给你，等你回来吃……仿佛小满就是她的孩子，孩子在关心她，想着她，念着她。

马晓雯每每接到小满这样的电话，她的眼圈就红了。她感受到天真的孩子对母亲的爱。每次她都说：小满，妈妈这儿什么都有，所有的东西都好吃，等妈妈出差回去给你带好多好吃的。

这么说了，小满就满怀期待地说：妈妈，你什么时候回来呀？我都快忘记你长什么样了，爸爸每天让我看你的照片。爸爸说看你的照片就不想了，可我一看照片就更想你了。妈妈，快回来吧，小满想你。你不要工作了，牛奶我不喝了，鸡蛋我也不吃了，省下钱来你就不要工作了……

她听了，捂着嘴哽咽地说：小满，妈妈也想你。再坚持一阵子，妈妈就回去看你。

她多么希望人死后真的有灵魂啊，想念的亲人都会出现在活着的人的梦里。

当她知道小满的母亲是被于浩然指使聂远达收买司机杀害的时候，她几乎不敢相信自己的耳朵和眼睛，她痛苦地摇着头，想起可怜的小满，泪如雨下。

在于浩然的案子结案之前，她单纯地认为于浩然是被人暗害了。因为什么暗害的她不知道，只知道于浩然是个无辜的被害者。

当公安局的结案书摆在她的面前时，她才知道，杨雪被害，苏林被害，都是于浩然指使的。她开始恨自己看错了人，之前那么励志的于浩然，竟成了杀人的凶手。也就是说，他的死是罪有应得。从那一天开始，她不再思念了，而是变成了仇恨。她努力忘掉于浩然，他之前为她买的礼物，包括首饰和衣服，东一件西一件被她扔到垃圾桶里。她不想再和他有任何纠葛，她要把他彻底忘却。想起这么多年她对他的等待，她开始懊悔，懊悔自己的心被蒙蔽了。

她把之前购买的结婚用品都扔了，她后悔为于浩然所做的一切。之前她的悲伤和思念成了笑话。她怪自己醒悟得太晚，一次又一次原谅他吸毒，甚至在他死后，还悲伤了那么久。为了她，父亲变老了，她开始为父亲难过、伤心。

此时的马晓雯从梦中醒来了，她后悔为了杀人凶手于浩然，蹉跎了那么久，她的爱情和光阴白白浪费掉了。

从那以后，她再也没有去过于浩然那个家，在这之前，她无数次去那里坐过，缅怀他们相爱的时光。现在一切都结束了。

她又恢复了正常，每天准时上班，准时下班，脸上又有了生动的笑。

每天接小满的电话已经成为她生活的一部分。在这之前，为了小满她见过宋杰。她当时和宋杰说过，不要把小满的梦打碎，有一天孩子会明白的。他长大了，接受起来才顺其自然。

宋杰同意了，一遍遍地说：让你受累了，辛苦了。

在她眼里，宋杰消瘦了。上初中时，那会儿她对宋杰的印象是一个阳光小伙子，她甚至在心里想过，以后找男朋友，一定要找宋杰这样的男人。在一段时间里，宋杰成了她心中的偶像。那会儿，宋杰经常穿一件皮夹克，牛仔裤，一双长腿是那么潇洒地迈动着。她每次看见宋杰，心都怦怦乱跳。

后来，宋杰和杨雪结婚了。父母都去参加了他们的婚礼，回来还给她带回来一小袋巧克力。那会儿她上大一，还没认识于浩然。她心里的爱情夭折了，这是她埋在心底的初恋。

此时看着消瘦的宋杰，她只说了句：宋哥，你照顾好你自己。

宋杰冲她笑了一下，露出一口白牙，又说了一声：晓雯，谢谢了。然后迈开大步往回走去。她看见宋杰的牛仔裤已经旧了，变得发白。

有一天，她为小满买来了一些好吃的，叫来了快递，在填写完地址交给快递员时，快递员看着寄件人地址问：天堂？她说：对，就这么填。快递员笑了笑，收了她的快递。

小满第二天幼儿园放学时，在家门口看到了快递。接他放学的是孙可。孙可看见小满把快递抱到怀里进了屋之后问：小满有快递了，谁给你寄的？

小满把快递抱得更紧道：不告诉你。

孙可笑了笑，安顿好小满，小满就催着孙可走了。关上门，他又一次拨通了妈妈的电话。

小满兴奋地冲电话说：妈妈，你寄来的好吃的我收到了，妈妈，谢谢你。

马晓雯听着小满快乐的声音，自己也笑了。

孙可回到公司便把小满收到快递的事告诉了宋杰。宋杰心里认定十有八九就是马晓雯做的这一切。他冲孙可笑笑道：知道了，小孙，谢谢你。

孙可抿嘴一笑，替宋杰关上了门。

宋杰刚回到家，小满就跑过来，拿着一袋印有外文的饼干道：爸爸，妈妈从天堂里给我寄好吃的了，看，这是天堂里的饼干。

宋杰让小满把快递包装找出来，看了看邮寄地址，寄件地址那一栏写着“天堂”二字，他什么都明白了。

小满仍兴奋地说：妈妈说了，我想吃什么，她都会给我快递过来。

他笑笑，拍一下小满的头，心想：应该感谢一下晓雯，她是个好心的姑娘。

宋　杰

宋杰来到马教授家是几天后的傍晚。

马教授在雷打不动地收看《新闻联播》。吴言在沙发上做手工。马晓雯在自己的房间批改学生作业。

他一进门，便引来一家人的关注。吴言就说：晓雯，你宋杰哥来了，去给倒杯茶。

马晓雯从房间里走出来，和宋杰打了个招呼，到厨房倒了杯茶，放在宋杰面前的茶几上。宋杰站起来，从包里拿出个包装盒递给马晓雯道：送给你的。

马晓雯惊叫一声：什么？顺手打开，是一条丝巾。她下意识地围在脖子上。

吴言抬起头看了眼道：不错，好看。

马晓雯有些不好意思，摘下丝巾道：宋哥，怎么好意思收你的礼物。

宋杰道：应该的，你那么关心小满，这是我一点心意。

马晓雯莞尔一笑，心照不宣地把丝巾收起来，回自己房间忙着批改作业去了。

宋杰坐下，陪马教授看电视。

吴言一边做着手工一边说：宋杰，上次跟你提过，我们幼儿园的小李老师，找个时间见一下。

他忙道：谢谢阿姨，过一阵再说吧，现在我没那个心思。

吴言叹口气道：杨雪一晃走了一年多了，你一个人又当爹又当妈的，真不容易。说到这儿想起了什么似的，又道：这些日子替你接孩子的那个姑娘是谁呀？长得挺漂亮的。

宋杰说：她叫孙可，是我们办公室的同事。

吴言抬起头笑着说：我还以为是你新交的女朋友呢，那么年轻漂亮。

宋杰笑笑。

《新闻联播》结束了，马教授关了电视，冲宋杰说：走，去我书房。

宋杰起身跟着马教授去了书房。

两人面对面坐下。马教授又起身，把门关上，把窗子打开一条小缝，冲宋杰说：咱俩抽支烟。两人点上烟，马教授冲宋杰说：最近怎么样，还好吧？

宋杰笑了笑道：混日子呗。

马教授说：宋杰，你天生就是做警察的，我前几天见到高龙彬了，他来看我，我还提起了你，让他找个机会把你要回去。

宋杰笑了笑，他知道，他和高局长之间的秘密外人并不知晓。

马教授压低声音突然说：听高龙彬说，杀害于浩然的凶手到现在还没抓到，你怎么看？听高龙彬说，你去过现场。

于浩然的案子困扰他多时了，从警十余年，还没处理过这么棘手的案子。凶手没有在现场留下任何痕迹，包括小区内的录像也没发现嫌疑人的影子。这些情况是高龙彬局长介绍给他的。

他吸口烟，摇下头道：马教授，我现在是个老百姓，没权办案了。

马教授道：你当过刑警队副队长，在市里也算挂了号的人。凭你个人经验，你分析分析。

他望着马教授道：现在没有破案，一定是现场没有留下任何证据，包括室外的录像。老师，我想听你分析下，这案子会是什么人干的？

马教授把烟头在烟灰缸里摁死道：前几天高龙彬来也问过我相同的话。在这种情况下只有两种可能，第一种就是熟人，不仅和于浩然熟，对小区环境也了如指掌，知道哪里是监控的死角；第二种……说到这儿，马教授不说了，望着宋杰。

宋杰望着马教授，见他不说了，眼神跳动了一下。

半晌，马教授又道：要么就是职业杀手。如果是这样，那于浩然身上肯定藏着更大的秘密。

马教授的判断他都想过。

马教授说完，低下头道：晓雯找了一个不该找的人，为他耽误了那么长时间。晓雯快三十了，还没结婚。说到这儿，马教授两眼泛着泪花。

他忙安慰道：教授，这事不能怪晓雯，是社会太复杂。

马教授抬起头道：我这辈子教过那么多学生，接触的都是像你这样的人。社会上的事咱们看不惯，警队有合适的人，你帮着晓雯介绍一个。当初晓雯谈恋爱，我和你阿姨有一个出来反对，就不会有今天这个结果。还是怪我们，是我们害了晓雯。

马教授一遍遍地叹着气。宋杰安慰了马教授几句便告辞了。

他走出马教授家，向家走去。出了马教授小区，再过两个红绿灯就到自己家了。他走在外面，发现落雪了，雪不大，稀稀落落地飘下来，在灯影里飞舞着。

几天前，高局长找到他，通报了于浩然的案情：刺死于浩然的刀是一把自制的三角形刀具，一刀直刺心脏。凶手没有留下任何痕迹在现场，一定是戴了鞋套和手套。凶手上楼前没有坐电梯，因为电梯内有监控，所以是爬楼梯上来，又从楼梯下去。小区内有几个监控摄像头，有一只正对着于浩然居住的小区单元门，并没有发现任何可疑人员出入。这一点可以证明，凶手是从地下停车场出入的。停车场内没有监控，出停车场有两个小区门，其中一个门有监控，另一个门的监控坏了，凶手一定是走的这个门。秦队长找过小区保安，保安也想不起有什么人进出了。这个点还不算晚，进出小区的人很多，难怪保安没有印象。出了小区这个门，再走一百多米便是一条马路，马路旁有车站，车站周边有监控，也调取了监控内容，没发现任何可疑的地方。车辆汇聚到此，形成了车流，在这里没找到可疑车辆和人，没有任何线索。

从目前的线索来看，杀死于浩然的凶手人间蒸发了。

从案件分析上来看，一系列杀人案所有的疑点都指向了于浩然，于浩然的死，让所有的案情无法向前推进了。

现在最大的嫌疑人就是王文强，但没有证据。高局长请示过市局搜查长坤公司，但被市局否定了，否定的理由有两条：第一没有证据，这样的搜查等于打草惊蛇；第二个原因，王文强是省人大代表，长坤公司是省市树立的重点企业，对这样的企业采取行动，要慎之又慎。这是市局的批示。

搜查长坤公司的提议只能作罢。

高局长的目光定在宋杰的脸上道：看来在长坤公司内部打开缺口，只能靠你了。

对宋杰来说，打掉制毒窝点是他的责任；另外，妻子因为他的工作受到了连累，含冤死在凶手的车轮下，找到元凶替妻子报仇是他个人的恩怨。

妻子离开他和小满已经一年多了，在这一年多的时间里，他每时每刻都想早日抓到凶手。他曾几次偷偷地到妻子墓地看过，每次妻子似乎都在冲他说：宋杰，你要替我报仇。离开妻子墓地好远了，妻子的声音仍在他身后响起。他明白，不抓住元凶，妻子不会瞑目。

孙　可

自从孙可成了宋杰的助理之后，她承包了每天去幼儿园接送小满的工作。小满渐渐地和她也熟悉了起来。小满每天从幼儿园回来，都是下午三点多钟。每天接完小满，她都会带着小满去一趟超市，给小满买几样零食，顺便带回几样蔬菜。到家后，小满便把自己关到房间，他要在这个时间雷打不动地给天堂里的妈妈打电话。这是他和妈妈约定好的秘密。

孙可在厨房里忙碌，做饭炒菜。饭放在电饭锅里，炒好的菜放到微波炉里，做完这一切她才离开宋杰的家。她回到公司时也快到了下班时间。宋杰有时加班，有时不加班。宋杰加班时，她便会留下，坐在办公室里随时听候吩咐。宋杰加班，大都是因为公司高层开会，有时宋杰在会上会给她发条信息，让她把某份报表送到会议室里，有时会议结束也没有找过她。不论找不找，她都要等到宋杰离开公司大楼，才会离开办公室。

周末的时候，偶尔她会给宋杰发条信息说：下午我带小满去看场电影吧。

宋杰最初接到这样的信息时，总会回一句：别辛苦你了，小满想出去玩，我带他。

她没再发短信，过了一会儿，她却按响了他们家的门铃，进门笑着对宋杰说：我和小满约好了，一会儿看电影，晚上带小满去吃西饼屋。

说完走到小满房间，帮小满换好衣服，带上水，两人就出去了。走到门口的孙可冲小满说：和爸爸再见。小满打过招呼，两人就出去了。

傍晚之后，孙可才和小满回来。孙可回到他家，并没有马上离开，而是把小满的脏衣服找出来，放到盆里。她又会问他：宋总，你的衣服我也一起洗了吧。

宋杰摆着手道：不麻烦你，我自己来。

她却已经来到宋杰的房间，有时连同床单被套一起拆了，拿去洗了。

孙可在洗手间洗衣服，他走过去，倚在门口说：放洗衣机里吧，省劲。

她抬起头笑笑说：洗衣机洗得不干净，还是手洗好。几缕头发从她的额前落下来。她撩了下头发，专心致志地去洗衣服了。

她这么做让他很感动，但觉得这样不合适。她离开时，他冲她说：孙可，以后不要这样了，家里的一切我都行。你每天帮我接送小满就够辛苦的了。

她不说什么，仍然故我。

渐渐地家里有了变化，屋内整洁如新，窗明几净。自从杨雪离开他，离开这个家，一切都变得无序了。从结婚到现在，他基本上没做过家务，在刑警队时，他很少着家，家里的一切都由妻子杨雪料理。有女人的家永远都是整洁温暖的。

在失去妻子的那段日子里，一日三餐他大多时候是去公司食堂打回来。日子久了，有一天小满就说：爸，我想吃妈妈炒的土豆丝。为了小满，他下厨房给小满去做，土豆丝被切成粗细不均的土豆条，炒完小满没吃，委屈地看着他说：爸爸，你炒的土豆丝一点也不好吃。

他歉然地望着小满，心里不是个滋味。

那些日子，小满吃的最合口的饭菜就是在幼儿园里。小满看着他从食堂打回来的饭菜道：爸，我今天在幼儿园吃西红柿炒鸡蛋了，还有红烧鸡腿，可好吃了。

从那以后，他从网上买了本家常菜食谱，只要一有时间，他就按着菜谱学着给小满炒菜，他的手艺有了长足的进步。但家里还是缺少了点什么，没有温馨的味道。

孙可的出现让家一下子有了秩序，一切井井有条。他意识到，有女人的家才是完整的。

有一次周末，孙可又要带小满外出去看电影。当小满穿戴好之后，站在门口时，孙可停下来冲他说：你也去吧，咱们一起去看《小偷家族》，日本导演是枝裕和拍的片子，大人小孩都能看。

对于去电影院看电影，他是陌生的。记得刚和杨雪谈恋爱时，两人看过电影，叫什么名字他已经记不得了。他正犹豫时，小满过来拉住他的手道：爸爸，和我们一起去吧。

他答应了，三个人一同走出家门。

电影院离小区不远，走路十几分钟的样子。孙可牵着小满的手走在前面，他落后半步走在后面。看着孙可和小满，他突然想起有多少次杨雪带着儿子外出的画面，可眼前的孙可却不是杨雪。

那天三个人看完电影，他仍被电影中的情节感动着，不是亲人的一家人生活在一起，那么有爱。哥哥为了阻止妹妹去偷东西，不惜自己被警察抓住。走出影院时，他的眼睛还有些潮湿。她问他：好看吗？他说：嗯。后来三个人又去吃了火锅。小满坐在中间，他们坐在两侧。他突然抬头看见餐厅里大都是一家三口在吃饭。看着眼前的孙可和小满像一家人一样，他的心动了一下，很快就恢复了正常。他又想起在保安队时，李大旺对他的盯视。是小崔的话点醒了他，李大旺是王文强安排到他身边的人。

有段时间，李大旺一直跟踪着他，甚至下班回家的路上，他从车的后视镜仍能看到李大旺的摩托车在远远地跟着，包括他去幼儿园接小满。从那以后，他和高局长见面，都要把车停在商场的停车场里，走进商场，再从商场后门出来。对付李大旺，他不用费太多心思，他是刑警队副队长，玩起这种游戏对他来说是小儿科。那些日子，他把李大旺玩得团团转。后来李大旺不再跟踪他了。

想起李大旺，他又想起身边的孙可。在这之前，她是于浩然的助理。长坤公司副总以上都配备了专职副手，王文强有，其他副总都有。平时这些老总的助理都在公司办公室里上班，但各司其职。

这么想过之后，他就冷静了下来。他曾了解过，孙可是学中文的，一毕业就来到了长坤公司。许多刚来公司的人都在销售部干过，算是了解公司的一个过程，一年后她被调到了办公室，做起了专职助理。

有一次他问她：于浩然吸毒，你知道吗？

她摇着头道：他不会在办公室吸毒。

说到这儿忙又补充道：我没去过于浩然的家，只有一次给他送文件，我在楼门口交给他的。

他笑笑道：公司的人都说，他是因为吸毒被人害死的，你信吗？

孙可低下头，沉吟一会儿道：没有证据我不好说。

前几天，她又一次去宋杰家打扫卫生。当她拿着拖布去擦地时，他忙抢过她手里的拖布道：我来吧，这种粗活怎么能让你干。

她站在那儿，用手背擦了一下额头的细汗道：你和他们一点也不一样。

他停下来，回过头：他们？

她笑一下道：公司那些人。

他看她一眼，带着问询的意味。

她说：我从小就喜欢警察，不知为什么，一见到警察我心里就踏实。

他说：我不是警察了。

她低下头道：我知道。

那天，她给他讲了一个故事。她参加高考，到了考场时才发现准考证忘记带了，是警察开车带着她把准考证取回来。她说：要不是因为警察，我就还得读一年高中。

她还说：我之前就了解你，在报纸上。

他连续几年被省厅评选为十大优秀刑警，他的事迹在报纸上发表过。

那会儿她还在读大学。她说这些时，脸有些红。

她还说：你在保安队时，我每次进出公司大门，都会留意去看你。看到你在保安室和那些保安一样，我很伤心。

她这么说时，他的心一沉，去看她的眼睛，她却避开了他的目光。

孙可也不知道为什么和他说了这么多。说完就慌张地离开了。

他望着她的背影，他不敢肯定她说的话是真是假。

他现在的身份不得不防备任何人，尤其是长坤公司的人。他是警察，在执行特殊的任务。这种戒备，让他对孙可的态度不敢越雷池一步。她是王文强介绍给他的女朋友。

王 文 强

王文强这段时间有事没事就到宋杰的办公室坐一坐。他来时，总是端着茶杯，坐在宋杰的对面。他看见桌上有盘水果，拿起一个说：是孙可送来的吧？

宋杰点点头道：刚送来的。

王文强就说：孙可这个姑娘不错。

宋杰笑笑，没说话。

王文强又说：孙可是于浩然招来的，开始在采购部，我发现她和别的姑娘不一样，就安排到了办公室。

宋杰说：孙可工作很称职，她是个好员工。

王文强笑笑：宋杰，有些事该忘掉，你这么年轻，孩子又那么小，遇到好姑娘千万别错过。

宋杰掏出烟来吸。

王文强换了个话题又道：工作有什么困难吗？

宋杰说：孙可把情况介绍得差不多了，公司的工作基本熟悉了，没什么困难。

王文强脸沉了下来，叹口气道：于浩然从公司创业就在这儿，那么上进的一个小伙子，却出了这事。于浩然一出事，我都不敢相信朋友了。

宋杰说：他是他，公司是公司。

王文强又笑了笑：杀害于浩然的凶手还没找到，你说会是谁呢？

王文强这么说，宋杰警醒起来：这个不好猜，只有公安局的人有目标吧。

说完他偷瞄着王文强。

王文强低下头，似在思考，突然又抬起头小声地问：你觉得会是谁干的？长坤公司得罪过不少同行，于浩然突然死了，许多人都怀疑是我们长坤公司的人干的。

宋杰淡然一笑道：我现在不是警察了，没权调查，况且，公安局那边还没个说法，估计成了悬案了吧。至于有人怀疑公司，只要不做亏心事，就不怕鬼敲门。

王文强笑了笑道：人心难测呀。

宋杰说：王总，咱们不要乱猜了，公安局会给个说法的。

王文强点头称是，两人又说了一些云淡风轻的话，王文强端着茶杯走了。

到长坤公司这么久，宋杰一直在暗中观察着王文强。王文强属于那种很文气的人，从不大声讲话，就是有天大的急事，也不会在他脸上表现出来。他最初跟踪过王文强，王文强按时上下班，回到家后便不再出门了。于浩然出事之后，高局长也指示对王文强上了手段，派人跟踪，这么久过去了，也没发现什么。

在宋杰和公司所有员工的眼里，王文强是个好老板。他总是第一个来到公司，背着手在公司各个角落转一圈，碰到公司员工，总是先打招呼，然后聊几句。

王文强是学医的，以前在市人民医院当过医生，后来下海办起了长坤公司。他到现在仍保留着医生的良好习惯，爱讲卫生，每次从外面回来，都要洗手，衣服也一尘不染的样子。他每天都会换一件不同的衣服，人就显得很精神也很清爽。从公司创建之初，他就很重视人才，那会儿公司小，也没什么影响，只能白手起家。公司渐渐大了，有了名气，又挖来很多人才，包括北京的一些制药公司的人都加盟了长坤。王文强在这方面一直很大方，总是给最好的条件，有的人还给送房子送车。许多知名药厂的骨干纷纷来到公司。长坤公司不仅在省里有名气，在全国同行业中也大名鼎鼎。长坤公司正准备上市，所有手续都完备了，就等着证监会批复了。

王文强每次开会时都说：长坤公司是大家的。他是这么说的，也是这么做的。现在公司许多人都持有股份，或多或少，论功行赏。长坤公司的员工很团结，他们尊重王文强，当然，王文强也尊重他们。

两个月前，公司销售部老刘住院了，查出了癌。王总当即决定，让老刘去国外治病。去国外治疗花销很大，老王的家庭承受不起这么重的负担，王文强就组织公司的员工为老王捐款，自己带头捐了五万元。那次捐款凑了几十万，老刘终于到国外治疗去了。他现在仍三天两头地在办公室里和远在国外的老刘视频通话，对老刘嘘寒问暖，让老刘一家感激涕零。

王文强是省市两级的人大代表，认识许多领导。有时领导来公司检查或者看望他，他总是把领导带到办公室，沏上茶，汇报工作或者聊天。有时遇到吃饭时间，他会挽留这些领导吃饭，每次吃饭就安排在食堂里，让大师傅加几个菜。自己不怎么喝酒，喝个两三杯意思下。但他并不是不近人情，每次有领导来，都会找几个公司酒量好的陪领导。每次领导离开都会拍着他的肩膀道：王总，你真清廉，干企业就应该这么干。他不说什么，只淡淡地说：谢谢领导理解。然后礼貌地送领导上车，一直看着车辆远去，见不到了，才转身往回走。

宋杰刚到公司不久，王文强就请他到办公室里坐了坐，那会儿宋杰还是保安队长。王文强开门见山地说：宋队长，你知道我为什么把你挖到公司来吗？

宋杰看着王文强，那会儿他对王文强充满了警惕。

王文强说：咱们长坤公司，用人就要用最专业的。你到公司当个保安队长屈才了。

他知道王文强不放心他，不仅安排人盯他，还尽量拉拢他。王文强不知道他来长坤公司的真实目的。

直到于浩然被杀后的一天，王文强又一次把他叫到了会议室，聊家常似的说：于浩然死了，你是不是该回刑警队了？在公安局工作比在长坤公司更能发挥你的长处。

他警惕地说：王总，你不相信我，以为我来长坤公司是来卧底的？

王文强忙摆手道：不是不相信你，你们公安局的人经常为了执行任务扮成各种身份。

宋杰低声说：我是被公安局处理的人，被开除了。王总如果不放心，当初为什么把我招来呢？

王文强笑道：要不改日我把刘副市长请来，你向他汇报一下，让他帮忙说句话，你再回公安队伍。

说到这儿，王文强解释道：我可没别的意思，就是想帮帮你。

宋杰知道，刘副市长是分管政法公安口的领导。

他听了王文强的话道：既然离开了，就不想回去了，好马不吃回头草。

王文强笑了：我是怕你在长坤公司不安心，委屈你。

这次聊天不久后的几天，他立马上任，接替了于浩然副总这个职位。

王文强让宋杰有些糊涂了，王文强到底是人是鬼，他已经分辨不清了。

在这期间，他和高局长又见了一面。于浩然死后，刑警队的人一直在跟踪王文强。从高局长处得知，王文强一切正常，并没露出任何破绽。

他向高局长提出归队的请求，高局长沉吟半晌道：我和市局领导商量一下。

几天后，他得到了高局长指示：市领导决定，在于浩然的案子没有水落石出前，你不能归队。

领导的决定就是命令。

他做梦都梦见自己归队了，但一想到他的任务，只能放弃自己的想法。他意识到，自己任重而道远。而眼前的王文强和长坤公司却是一片迷雾，让他看不清，又抓不到。

女　　人

马晓雯成了宋杰家的常客。

自从当了小满天堂里的妈妈之后，她的心性开始变了。以前她对几岁的孩子没有感觉，在她的生活中从来没有这么小的孩子出现过。小满闯了进来，便住在了她的心里。她以一位妈妈的身份和小满往来。不仅在电话里，她还经常出现在小满的生活里。她经常有快递寄给小满，寄件人写着天堂里的妈妈。寄快递的小哥哥都知道了他们的故事，恪守着他们之间的秘密。

马晓雯经常带小满出去玩，在没有于浩然的日子里，她把大部分时间放在了小满的身上。她带小满吃想吃的，玩想玩的一切，每次两人玩得高兴时，小满总会在某个时段情绪突然低落下来。他喃喃着说：要是妈妈在就好了。母亲留给他的是不可磨灭的印记。

每当这时，马晓雯就会宽慰小满：等妈妈从天堂出差回来，咱们一起玩。

小满又高兴起来，恢复了正常。

一天她陪小满回来，在外面已经吃过了，回到家时，宋杰正等着他们。马晓雯安顿好小满就告辞了。宋杰送马晓雯出门，在小区的路上，他说：晓雯，你为孩子做的这一切，我不知怎么去感谢你。

马晓雯停下来望着宋杰说：我喜欢小满，做这一切都是应该的。

他认真地望着她的眼睛：晓雯，你该留出时间给自己。

她明白他这句话的含义，情绪低落下来道：宋哥，你不用为我的事操心，在我眼里，世界上没有靠得住的男人。

她说完转身走了，留下一个孤独的背影。

宋杰为晓雯的事去过马教授家。那天，晓雯带小满去公园了，这是个星期天，马教授和吴言都在家。他到了后，先是和他们聊天，聊了一会儿，他话锋一转道：刑警队的黄小出您认识吧？

这个黄小出马教授教过，长着一张娃娃脸，个子不高，却很结实的样子。不久前，于浩然被杀后，高局长和刑警队的人都来家看过他，黄小出也来了，立在门口，不进不出的。他让黄小出摆把椅子坐下，小出却不坐，他说喜欢站着。

马教授点点头，问宋杰：小出这孩子怎么了？

他说：小出还没谈女朋友，我的意思是介绍给晓雯认识。

马教授当即招呼在房间里收拾东西的吴言出来。吴言一出来，宋杰又把他的意思说了一遍。

吴言沉默半晌道：你说的那个黄小出，我有印象，来过家里两次，他比晓雯小。

宋杰说：吴阿姨，小出一到队就是我带的他，这孩子机灵、本分，是比晓雯小一些，才小两岁。

他说完察看吴言的神色。吴言叹口气道：宋杰，晓雯被于浩然伤着了，估计现在她对谁也不会动心思，抽空我问问她吧。

这事说过了，马教授和吴言再也没提这个茬，事情就过去了。

不久，小满病了，发高烧。医院也去了，打了针，开了药，高烧还不退，小满烧得脸色通红，嘴唇干裂，昏昏沉沉地在床上睡着。

孙可跑前忙后地照顾了一下午小满，宋杰回来时，孙可就走了。宋杰为小满煮了粥又放了糖，还蒸了鸡蛋糕，可小满一口也没吃，眯着眼睛，无神地望着父亲。他说：我想妈妈了。说到这儿，小满的眼泪就流下来。

孩子从小到大都是杨雪带的，他第一次碰到小满这样，他手足无措地站在小满面前。小满一哭，他便没了主意。

他走到外间给马晓雯发了条信息：小满的高烧不退，得想个办法。

不一会儿，晓雯就来了，她直接来到了小满的床前。小满伸出一只滚烫的小手，晓雯把小满的手握在自己手里。她嘴里说：小满，阿姨在这里。小满流泪，并不说话。

她冲宋杰说：孩子烧得厉害，不能在家里等。

他说：白天去过医院了，打过针，也吃过药了。

她说：去的哪家医院？

他说：是市中心医院。

她抱起小满：不行，得去儿童医院。

他们下楼，他开着车直奔儿童医院，在急诊室里看了医生，化了验，又打了针，开了药。医生的诊断是，小满得了肺炎。

半夜时分，他们才回到家里。

他歉意地对晓雯说：我送你回家吧，折腾到这么晚，真不好意思，你明天还要上班呢。

小满听到晓雯要走，他死死抓住晓雯的手，也不说话，眼里流露着渴求。

晓雯摸了摸孩子的额头道：我今天在这里陪小满吧。说完和衣躺在了小满的身边。

宋杰把台灯打开，把顶棚灯熄掉，退了出去。他没有回到房间，而是来到了客厅，点燃了一支烟。孩子从小到大，他没尽过多少父亲的责任。之前小满病了，都是杨雪照料，甚至半夜去医院打针。这么想着，他心里充满了潮潮的歉意。

他倚在沙发上，想睡却睡不着。他想，以前无论多晚回来，家里有杨雪，有女人的房子才能称为家。自从杨雪离开他们，他一下子觉得家里冷清了。他甚至不知怎么照顾孩子。今天孩子出了这件事，弄得他手足无措。蒙眬中他似乎睡着了，做了一个梦，梦见杨雪站在他面前，白着脸说：你要照顾好小满，把咱们的孩子养大。他在梦里哭了。不知过了多久，他又醒了，是被晓雯起床给孩子喂药的声音弄醒的。他忙进去，见晓雯已经给孩子喂完了药，一条湿毛巾搭在小满的头上。小满昏昏沉沉地睡着。晓雯卧在孩子一侧对他说：没事，你眯会儿去吧。他又退了出来。

第二天一早，他去外面买回了早点。晓雯也起了床，洗了脸。

他说：你吃点儿，还要去上班呢。

她说：我今天请假了，找同事代课了。我来照顾小满。

他手足无措地看着她，她说：没事，女人照顾孩子心细一点。你去上班吧。

他不知如何是好地说：这怎么好？

她拿起一根他买来的油条说：小事，就算我帮杨雪姐了。

他的眼圈红了。

他上班了，心里并不踏实，不时地看手机。他们约定好，小满如果病情加重，她会给他发信息的。

不久，她发来了一条信息说：小满烧退了一些，又吃了几口粥。

他的心踏实了一些。

中午过后，他就离开公司。依据昨天和医生的约定，小满今天下午还要去医院输液。

下午，小满倚在晓雯的怀里，不那么难受了。他一到，他们便出发了。又输了一次液之后，小满精神好多了。回到家时已经是傍晚了。在门口，他们看见孙可提着菜正等在那儿。孙可看见马晓雯，有些出乎意料的样子。宋杰就介绍道：这是晓雯。

孙可随着他们进到屋里，把菜放到厨房说：我今天去幼儿园接小满，听老师说小满没来，我想一准儿去了医院，就买了菜等你们。说到这儿，她又瞄了眼马晓雯。马晓雯进门就把小满放到床上，张罗着给小满吃药。

孙可站了会儿，冲宋杰道：我走了。

宋杰说：谢谢你，害得你等了这么久。

孙可走到门口，冲宋杰说：需要我，就给我打电话。

宋杰点点头。

孙可一走，宋杰便张罗做饭。米放在电饭锅里，开始洗菜。菜洗完了，他回到书房拿出了一本菜谱。自从杨雪离开他们后，他都是照着菜谱做饭。杨雪在时，他都没进过厨房。

这时，晓雯过来道：我来吧，小满睡了。

他歉然地又冲她笑笑。她做饭，他在一旁看，打着下手。

饭很快做好了，两人刚坐下吃，有人敲门，进来的是吴言。他叫一声：阿姨。

吴言进门道：听老师说，小满病了，不知病得重不重，我来看看。

吴言进门，见小满在睡觉，摸了摸孩子的头道：肺炎可不是小事，弄不好会出人命的。

宋杰又歉意地说：阿姨，为了小满，晓雯一天都没上班。

吴言说：晓雯帮你应该的。

说完就告辞了。宋杰把吴言送到楼门口道：阿姨，晓雯一会儿就回去，昨晚她一夜没睡。

吴言又说：让她帮你两天吧，男人照顾孩子怎么说也不行。

宋杰回来冲晓雯说：一会儿吃完你就回去吧，好好歇歇，明天还上班呢。

晓雯说：明天还要带小满去打针，你一个人怎么行？

他说：我让公司的孙可来帮我。

她没说什么。孙可她见过，之前她去公司找于浩然时，见过几次，不过，两人没说过话。孙可应该对她有印象，刚才宋杰介绍她时，她看见孙可脸上露出惊讶的神色。她当时抱着小满，并没多说什么，只冲孙可点了一下头，算是打招呼了。见宋杰这么说，她没说什么，吃完饭，把宋杰领到小满房间，拿过床头的药说：这药过三个小时后再吃一次，明早再吃一次。

他一一应了。

她又说：明天下午带小满打针，要是没人陪，你给我打电话。

他又应了。

她要告别时，小满醒了，抓住她的手道：阿姨，我不让你走。小满又哭了。

她俯下身，把脸贴在小满的脸上道：阿姨不走。

就这样，她一连陪了小满三天。

第四天时，小满的病基本好了。

一周后，小满又去幼儿园上学了。

在这期间，一下班她就过来看小满，陪着他，给他讲故事，做他喜欢吃的饭。一直到小满睡去，她才离开。

在这之后，小满对她有了更深的依赖。

生死之交

宋杰每天都要在心里默数离开刑警队的时间。在他的观念里，刑警队就是他的家，刑警队的战友就是他的亲人。高中毕业，他就考上了警校，四年警察学院的生活，让他认同了警察的生活。他先是到刑警队实习，他的第一任师父就是高龙彬局长，那时是刑警队的队长。在宋杰的眼里，刑警队的人很少穿警服，这是工作需要。那会儿的高龙彬留着寸头，一条牛仔裤不知在身上穿多久了，烟熏火燎的样子。说话简单准确，能说一个字的事，从不说两个字。有队员向他汇报工作时，他就是一个字：说。听完了汇报，他招手把刑警队的人叫过来，围在他办公室里，先听每个人分析案情，他不说话，眼睛在每位说话的警员脸上扫过。大家发表完意见，他才开始下结论，一张办公桌就是他的沙盘，桌上的烟灰缸、水杯、烟盒、打火机都是他的道具。他一边在桌子上演示着，一边讲解着。他讲完了，抬起头又从每个人脸上扫过，问了句：明白了吗？众人应：明白。他就从抽屉里拿出枪，别在腰带上，挥了下手：出发。

众人上了警车，轰然着驶离刑警队，很快便融入了街道。他们每次出发，从来没有走空过。

当时在宋杰眼里，高龙彬就是他心目中的偶像。他实习期满后，成为一名真正的刑警。

当时秦南坡是刑警队的副队长，他身上长年累月地穿着一件皮夹克。皮夹克有很多兜，里面装了许多东西，比如枪、手铐，还有抓捕的文件，当然少不了烟和火。秦南坡每次发现案情时，从不说话，先吸烟，烟雾在他眼前缭绕，一支烟还没燃完，他又点上了另外一支。直到他对案情明晰了，才把烟头按死在某一处，然后拍下手道：妥了，咱们这样那样地布置一番。便开始行动了。

当时刑警队有两个神人，一个是高龙彬，另一个就是秦南坡。秦南坡不是科班出身，他在部队当过特种兵，从部队复员时，去过派出所。他是个侦探迷，最早看福尔摩斯什么的，来到派出所之后，他就开始研究警察专业，看了许多书。有一次刑警队缺人，他调过来帮忙，被高龙彬看上了，从那以后，他就留在了刑警队。几年时间，出生入死地办过数起案子，从破案到抓获，时间短，动作快。立了几次功之后，他便升到了副队长的职务。秦南坡一直保持着军人的作风，不论坐站，他的腰杆总是直直的。有一次市局领导到刑警队检查工作，来到秦南坡眼前时，他一个立正、敬礼，市局领导就握着他手说：小伙子，当过兵吧？他答了，领导就笑道：一看你就是部队出来的。警察队伍里有许多部队转业复员来的。当时警察队伍分成两拨人，一拨是警院毕业的，另外一拨就是部队转业的干部战士。

秦南坡的战友观念很强，在他眼里，刑警队的人都是他的战友。他也像爱护战友一样爱护着每一个人。

有一次，宋杰和秦南坡共同执行任务，他们去抓贩毒分子。

他们早早来到事先得知的交易地点，隐藏了下来。时间到了，却不见交易人接头。当时他和秦南坡躲在门面房里，眼睛一直注视着外面的情况，另外两组队员在距离他们几百米开外的另外一个方向。

突然，秦南坡盯上了一辆白色的车，在宋杰眼里这辆车和别的车没什么两样，这时却听到秦南坡说了句：快。然后人已经冲出了门面房。宋杰只能紧随其后，在路边上了车，宋杰的脚刚踏上来，车就开动了。一个掉头，车便冲了出去。事发紧急，没来得及招呼另外两组队员。车开出去了，秦南坡才通过无线电对讲机道：你们原地待命，我和小宋发现了可疑车辆。

车拐了几个弯，那辆白色的车发现有车辆跟踪，加快了速度，连闯几个红灯，疯了一样向前跑去。秦南坡拉响了警笛，让宋杰通知队员过来增援。

车驶出了城区，开往郊区，宋杰一边报着位置，一边盯紧前方那辆车。他们离前方那辆车越来越近了，秦南坡向前面那辆车喊话，声音透过车顶的喇叭传出来。那辆车不仅没有停下的意思，而且更快地向前驶去。

周围都是空旷的田野，田野被雪覆盖了，宋杰眼里只有一片又一片的白色快速地向后面掠去。

突然，前方那辆车开进了田野，颠簸几下便停了。他们的车也义无反顾地冲过去。

车里那个人下车，把一只墨镜甩在身后，飞快地向前跑。

宋杰在前，秦南坡在稍后一点的位置，拼命地向前追去。前面那个人身子顿了一下，回身就打了一枪。子弹顺着宋杰的头皮飞了过去。秦南坡拉了宋杰一把，自己冲了上去。此时，枪已经握在秦南坡的手里了，他一边跑一边喊：停下，不停我开枪了。说完一发子弹打了出去。那人踉跄一下，扑倒了。秦南坡顺势追了上去，那人趴在地上，见二人追了上来，突然翻身，枪口又对准了秦南坡。宋杰大叫一声不好，身子向那人扑了上去。枪响了，有些闷。那人的枪被宋杰死死抓住。

秦南坡的铐子已经把那人的两只手铐上了。

宋杰爬起来，看见身下一片血迹。

秦南坡惊叫一声：小宋，你负伤了。

宋杰这才发现子弹从左肩骨穿透了，另两队的队员已经过来支援了。

那一次，宋杰在医院里住了二十几天的院。

他做完手术，从手术室里被推出来，就看见秦南坡和战友们的一张张脸。

在病房里，秦南坡握着他的右手道：好小子，你救了我一命。

他哽咽着道：我是你的助手，应该这么做。

事后他向秦南坡请教：为什么在那么多车里，一眼就发现了犯罪分子的车？

秦南坡笑了：咱们的眼前过了三十五辆车，只有这个人的神色和其他司机不一样，他一直左顾右盼。事发那天是个阴天，他却戴着墨镜，如果情报无误，那就是这辆车了。

也是在那一次，他们端掉了一个运毒的窝点，隐约察觉，制毒团伙就在他们身边。

从那次开始，宋杰意识到，他离一个合格的刑警还有好多路要走。

他出院以后，市局为他记了一次三等功。刑警队集体也荣获了三等功。也就是从那一次开始，他们一直寻找这个制毒窝点，如今却随着于浩然的死，他们之前所有的心血都付之一炬。

他离开警队时，秦南坡为他举行了一次送别酒宴，时间选在一个周末，就在秦南坡家里，那次高局长也去了。

喝了几杯酒的秦南坡冲高局长说：高局，我对你有意见。

高局长知道秦南坡说这话的含义，便说：我就是个分局局长，对上级的决定无能为力。他说完这话时，下意识地和宋杰对视了一眼。宋杰这次卧底行动，只单线和高局长联系，所有人都被蒙在了鼓里。

那天宋杰情绪一直很好，才没有使场面失控。秦南坡拍着宋杰的肩膀道：宋杰，我们是生死搭档，我们交过命。你不论去了哪里，我们都是好哥们儿。

最后，他们唱了一首《驼铃》：送战友，踏征程，默默无语两眼泪……

那天，秦南坡早有准备，让老婆孩子回了娘家。

散场时，秦南坡把宋杰送出家门口，那天下雪了，雪花纷纷扬扬地落在两个人的身上。秦南坡抱住宋杰说了句：好兄弟，遇到困难就来找我。他的手在宋杰的后背拍了一下。

宋杰走出好远了，看见秦南坡仍站在雪中冲他挥手。

从那以后，秦南坡果然经常来看宋杰。有时他等在宋杰下班的路上，有时在小区门口。他坐在车上，看他过来，便下了车，两人站在车旁聊会儿天。秦南坡经常说的一句话就是：你离开了，我心里空落落的，办个案子总想起你。

在刑警队时，他们是好搭档、好战友。一个是队长，另一个是副队长。每次遇到案子，两人都要碰头，你一言我一语，案子就捋出了眉目。宋杰也异常怀念在刑警队时的美好时光。

于浩然案子发生后，秦南坡约宋杰又去了一次自己的家，两人喝过一次酒。自从宋杰离开后，秦南坡再也没有和他说过案子。这是警察的纪律。那一次，秦南坡破例了，他拍着宋杰的肩膀说：兄弟，我辜负你了，到现在于浩然的案子我还没有拿下。

在这之前，高局长向他通报过于浩然的案子。现场没有留下任何可供破案的线索，案子成了悬案。发生的案子破不了，这是刑警的耻辱。

那次，秦南坡低着头，眼里突然涌出了泪水道：我一直说要给弟妹报仇，元凶没有抓到，我对不起你。

宋杰意识到肩上的担子，于浩然的案子也许只能通过外力才能有所收获了。他的经验告诉他，越是黑暗的时候，往往越接近真相。他这么鼓励着自己。

孙可的爱情

孙可一直觉得自己是宋杰身边最亲密的人。

直到她在宋杰家中看见马晓雯那一刻，她觉得自己受到了冷落。马晓雯她见过几次，就在公司，那会儿她知道马晓雯是于浩然的女朋友。当时她是于浩然的助手，每当于浩然办公室里出现客人时，她都会去送杯茶，然后看于浩然是否还有什么交代。她第一次见到马晓雯时，于浩然轻描淡写地介绍过：我女朋友，马晓雯。她微笑着把茶放到马晓雯面前，夸了句：于总你女朋友真漂亮。于浩然笑一笑，她便退出门去。

在她眼里，马晓雯就是中规中矩的那么一个女人，看样子年龄比自己大一些。

孙可从上高中时就很自信，因为她有一副曼妙的身材和一张姣好的脸蛋。上高中时就有许多男孩追求她，她把这一切当成游戏。那会儿她就比其他同龄人要成熟。

上大学时，她的美貌更加突出了，那会儿她已经是个成熟的女孩了，她的身边更不乏追求者。她想好了，自己绝不在学校谈恋爱。她不想把自己的青春用在无谓的事情上，在她眼里，身边这些同学都是没长大的小破孩。

她从小到大就对军人和警察充满了好奇和好感，看到那些穿制服的男人，她才觉得踏实。自己参加高考时，准考证忘在家了，也是警察开着警车拉着她去取回，才没有耽误高考。从那一刻，她对警察的爱慕又一次升华了。

她第一次认识宋杰时，是同事介绍的，她和同事下班向公司外走，宋杰刚来公司几天，站在保安室门口和别人说着什么。同事用胳膊肘捅了她一下道：你看那个保安队长。

她看了一眼，问同事：怎么了？

同事说：新来的，听说以前在公安局刑警队当过副队长。

她的心忽悠了一下，回望了眼宋杰才问：为啥到咱们这儿来了？

同事说：听说在刑警队犯错误了。

她事后才知道，宋杰是因为暴打了一顿撞死他妻子的肇事司机。她觉得这种错误不值得一提，她的亲人被撞了，她也会去暴打司机。因为他是警察才犯了错误。

从那以后，她便开始留意起宋杰了。在她眼里，宋杰和别的保安不一样，他的身影会出现在公司的每一个角落。她不明白宋杰为什么会来当保安。后来她又听公司财务说，宋杰是王总高薪聘来的。

直到宋杰被调到公司当副总，她才恍然，原来他是为了副总这个职位才来的他们公司。近距离地接触下来，她又发现宋杰和公司的其他高管又不一样，究竟哪儿不一样，她又说不清楚。后来恍悟：宋杰和那些人比，更像个警察，举手投足一点也没有架子。在公司里宋杰很少说话，有事没事都在办公室里待着。在一个公司里，这种领导是不合群的。以前于浩然在时，他的办公室里天天人来人往，社会各色人等，有谈生意的，有聊天吹牛的，办公室里总是乌烟瘴气。

宋杰偶尔也抽烟，每次抽烟都要把窗子打开，抽完烟还要把烟雾从屋内驱走。他的办公桌总是很整洁，东西摆放得总是有条不紊。在她的眼里，宋杰是个严谨整洁的人。

她每天帮宋杰去幼儿园接小满，她第一次走进宋杰家时，完全出乎她的想象。之前，她曾想过一个缺少女人侍弄的家，一定是无序混乱的。但她一进门，三室一厅的房间井然有序。床上的被子铺得就像没人在这里休息过，地面和桌面也一尘不染。她当时就想，这是什么样的男人能做到这样有序。

不知何时，她已经悄然爱上了宋杰。她知道宋杰今年三十三岁，生日是3月18号，还知道他的血型是A型，他的星座是双鱼座。她知道双鱼座的人神秘复杂。

她经常在想，他有多复杂呢?

马晓雯能够出现在他的生活中，看起来又是那么熟络，这大出她的意料。后来她又有意无意地开始了解马晓雯。人过留名，雁过留声，她了解到马晓雯是位化学老师，和于浩然是同学，马晓雯的父亲是警察学院的教授。这些消息拼凑起来，她找到了马晓雯和宋杰来往的根据。宋杰是马晓雯父亲的学生，小满所在的幼儿园园长是马晓雯的母亲。她释然了，但想到宋杰对她的态度，她又云里雾里了。她一直觉得宋杰和自己保持了很远的距离。宋杰对她总是客气中又有几分生分。

她终于等来了一次机会。3月18号那天是周五，她接小满之前订了个蛋糕，又在超市买了一些菜。

宋杰下班回来时，桌上摆着蛋糕和做好的菜。孙可和小满一起唱起了生日歌。

宋杰愕然，然后突然又醒悟过来，他礼貌地道：谢谢你，孙可。

他走到桌边，把蛋糕切开，一份给小满，一份递给了孙可，然后道：你们吃吧。

孙可问：你为什么不吃？

他说：我不喜欢吃甜食。

那天，孙可离开宋杰家时有些失落。她为他过生日，他没有显得有多意外和高兴，甚至都没问过她怎么知道他生日的。他仿佛觉得这一切既不浪漫，也没半点激动。

他第二天把她叫到办公室，把几百元钱放在桌子上道：这是给你的补偿。

她站在那儿，吃惊地睁大眼睛望着他。

他说：你一定收下，你不收，我下次都没办法让你帮忙照顾小满了。

他望着她，眼神里没有一点回旋的余地。她把那几百元钱收起，离开他办公室，跑到洗手间，眼泪止不住地流了下来。她不知为什么要哭，委屈、伤心、难过、心灰意冷或者兼而有之。她不明白，他为什么对自己会这么敬而远之。从上大学到工作，她遇到过无数个男生追求她，她都没有动心，宋杰却让她动心了。他是她的初恋，或者说单相思。她不死心，一定要当着他的面把话说明白了。

有一次，她接完小满回到公司，下班时她来到他办公室。她说：晚饭我做好了，放在微波炉里。

他客气地说：谢谢。

走到门口时，他又说：你也早点下班吧。

她走过去，用身子挡住了他的去路，靠在门上说：宋杰，我愿意照顾小满一辈子。

他怔了一下，吃惊地看着她。

她鼓起勇气又说：我喜欢小满，也喜欢这个家。

他退后几步，坐到办公桌后。她过来，就站在他面前，她此时多么希望他能伸出手拉住她。

他却从抽屉里拿出盒烟点燃，半晌才道：孙可，谢谢你。

他不看她，望着桌角，又说：我现在不考虑个人问题，小满还小。

她急切地说：我愿意和你一起照顾小满。

他把烟摁灭，站起来道：谢谢你，有那么多小伙子，他们比我更合适。

说完拉开门，回头又说：你也早点回吧。说完走了。

她颓然地坐在他的椅子上，眼泪汹涌地流了出来，她没料到会是这样的结果。

在长坤公司，宋杰不得不提防，孙可对他越好，他越觉得她有所图。在这种不对等的关系下，两人很难有正常交往。

马 教 授

一个周六，马晓雯把小满接到家里，两人躲在房间看动画片。

马教授从书房里踱出来，走到客厅沙发旁坐下，老伴吴言正在读育儿的书。

马教授叹口气说：晓雯过完生日都三十了。

吴言头也不抬地说：三十能咋，咱们说话她也不听啊。

马教授犹豫一下，还是说：她最近和宋杰走得很近。

吴言从书上抬起头：她是为了小满，没想到晓雯对孩子这么上心。

马教授：宋杰这人不错，我是看着他成长起来的。

吴言审视地望了眼马教授：你别乱说，她怎么会对宋杰有意思。

马教授停了下，不安地搓着双手道：晓雯不能这样耗下去了。她马上就三十了，同龄人孩子都上幼儿园了。

晓雯的事你去说，我说什么她都不听。吴言又低下头看书了。

晓雯从小到大，都是马教授在操心，包括选择大学，毕业后选择职业，都是马教授的决定。

马教授站起身，又看了眼吴言：你觉得宋杰这人怎么样吧？

吴言又瞟了眼马教授：好不好的和晓雯有什么关系，晓雯只是对小满感兴趣。

马教授不说话了，他回到书房，却一副坐卧不宁的样子。

于浩然还在时，晓雯是那么死心塌地地对待他。明明知道他吸毒，最后还是下决心和于浩然结婚，结果还没走到婚姻殿堂于浩然就出了事。在起初的日子里，晓雯是那么悲伤，看到女儿这样，他心里难过。晓雯从小到大都是他的掌中宝，从来没有受过委屈，看着晓雯一天天长大，他的心力也一点点耗尽。晓雯在他心里就是另一个自我，是他生命的延续。

晓雯对父亲既信任，又依赖。当她把于浩然吸毒的事实告诉他时，他如五雷轰顶。晓雯从小到大，他任何事情都参与过，唯独没有在她的婚姻情感的事情上干预过。他一直觉得晓雯长大了，有自己的空间了。他没干预并不代表他不操心，那些日子里，他比晓雯更操心于浩然，经常拐弯抹角地打听于浩然。

他知道于浩然吸毒后，在网上查到了许多关于吸毒的文章，他把这些文章默不作声地转给晓雯。他每天都观察着晓雯的脸色，却看不出晓雯脸上有什么异样或者是变化。他想问又不敢问，那些日子里，他有空就在网上搜索关于毒品的所有细节。有一天他看到一个戒毒所发表的一篇文章，那上面介绍了戒毒的有关过程和注意事项，他又一次给晓雯发了过去。

过了好几天，晓雯也没搭他的茬。有一天，趁着吴言没回来时，他来到女儿房间，晓雯正在批改学生的作业。他立在门口，望着晓雯说：转发给你的那篇文章你看了吗？

晓雯叫了声：爸，这事你以后别管了。

他一怔，忐忑地去看她。

她说：不论于浩然结果怎么样，我都要和他结婚。

他心一惊，满腔的热情被兜头浇了一盆凉水，但因为爱女儿，他学会了顺从女儿。

后来，她开始默默地准备和于浩然的婚事。起初是悄悄的，后来便大张旗鼓了。她定下了去领结婚证的日子后，才告诉他。

马教授透过眼镜上方深沉地望了眼晓雯，什么也没说就回到了自己的书房。他把窗子打开，虽然是冬天，他却并不觉得冷。他点燃了一支烟，烟头都烫手了，他才回过神来。他想不明白女儿下决心和于浩然结婚是怎样的一种心态。

他把女儿要结婚的消息告诉了老伴吴言，她听了一点也没惊讶，还翻箱倒柜地找婚礼穿的衣服。他几次想把于浩然吸毒的事告诉她，话到嘴边又忍住了。他不想给老伴增加烦恼。从和吴言认识到现在，这个家就没让她操过心，一辈子了，他们都适应了这种婚姻状态。在他心里，吴言就是永远也长不大的大小姐。

他是男人，要担起照顾全家两个女人的重担。

他听到于浩然死了的消息时，一下子就解脱了。但转眼又被马晓雯的悲伤笼罩了。

晓雯一连一周请假待在家里，房门紧闭。他只能在她门前徘徊。他一次次尝试去敲女儿的房门，里面一点动静也没有。只有在女儿去洗手间的空当，他才能把做好的饭菜送进去，都是她平时爱吃的。他下一次再送饭时，以前的饭却完好如初地放在那儿。

直到公安局有了结果，证明于浩然就是杀害宋杰妻子杨雪和公司采购员苏林的幕后指使者，她才渐渐地缓过来，让自己的悲伤一点点地在身体里消失。从那以后，她不许任何人提有关于浩然的一切。当初她想和于浩然结婚，是想对十年恋爱做一个了断。哪怕日后和于浩然离婚了，她也在所不惜。于浩然成了她心里永远的痛，也是留给青春记忆的梦魇。

又一场危机度过之后，他又开始操心女儿的终身大事了。

有一天晚上，他来到女儿房间，坐在床沿上，看着女儿备课。晓雯说：爸，有事你就说。

他犹豫了半晌，还是说：你觉得宋杰怎么样？

她欢快地说：爸，你要给宋哥介绍女朋友呀？

他看着女儿，点点头又摇摇头。

晓雯就说：爸，你到底要说什么？

他低下头，闷坐一会儿就走了。

一个周六，他打电话约宋杰来家里，在这之前他和吴言商量好了，晚上包饺子，请宋杰和小满一起来家吃。以前，宋杰带小满无数次来过家里，但从没这么隆重过。

宋杰带着小满来时，饺子已经包得差不多了。马教授异常热情地把宋杰和小满迎进门来。小满已经轻车熟路了，一进门便钻进晓雯的房间里去了。

宋杰便来到厨房帮忙包饺子，很快饺子便包好了。

一家人吃饭时，小满仍缠着晓雯，两人说笑着。

马教授高兴，还拿出瓶酒和宋杰喝了一些。

吃完饭之后，小满又被晓雯带到了房间，两人又说笑着玩去了。

马教授就说：宋杰，陪我散会儿步吧。

两人从家里走出来，地上刚下过雪，脚踩在雪上发出嘎吱嘎吱的声响。

马教授走得有些迟疑，他终于说：宋杰，晓雯终于从于浩然的事件中走出来了。

宋杰说：晓雯经过这事后比以前成熟了。

马教授：我教育晓雯有问题，从小到大她太单纯，明知道于浩然吸毒，她还全然不顾。

宋杰又想到于浩然的死，案子到这里就戛然而止了，一点进展也没有。前一阵子，市局省厅也来了专家重新梳理了这个案子，却仍没有任何进展。于浩然的死成了谜。高局长指示他尽快从长坤公司打开缺口，也许只有制毒团伙的案子破了，于浩然的案子才能迎刃而解。领导已经把于浩然的死和制毒团伙案串联到了一起。

马教授就说：宋杰，你有心事？

宋杰马上说：没有，我想小满和晓雯还挺有缘的，小满那么依赖晓雯。

马教授不想兜圈子了，单刀直入地说：宋杰，你以后和晓雯多接触一些。她三十了，该找个男朋友了。

宋杰吃惊地望着马教授，在他心里一直把晓雯当成妹妹看。最近一段时间，晓雯为了小满做了很多努力。小满每天给晓雯打电话，这秘密他们一同恪守着。他从内心感激晓雯为他和小满所做的一切，但他没有想到马教授会这么直接。

他立在那儿，望着马教授。

马教授在黑暗中望着他：宋杰，你是我学生，我看着你一步步成长，我对你放心。

他叫了声：老师……

马教授：晓雯单纯，她在感情问题上走过歪路，我不想让她再受到伤害了。宋杰，你答应我。

宋杰为难地说：老师，她在我心里就是妹妹，我从来没那么想过。

马教授声音坚定地说：那就现在开始想。

他望见马教授不容置疑的目光，点了下头道：老师，我答应你，和晓雯多来往。

他只能这么说。

那天晚上，宋杰躺在床上失眠了。

自从杨雪离开他和小满，他的思念从没间断过。他没想过再找一个女朋友。他此时开始想晓雯，一切似乎那么清晰又那么模糊。

别　样

这层窗户纸被马教授捅破之后，宋杰才开始重新审视自己和晓雯的关系。之前，他一直把晓雯当成自己的妹妹。当得知晓雯冒充天堂里的妈妈和小满通话时，他认为是因为晓雯善良。晓雯对小满这么关心，他觉得是因为他们的友情。

他在警院上学时，她是即将初中毕业的学生。在他心里，马晓雯永远是没有长大的孩子。当于浩然的身份暴露后，他曾为马晓雯难过，也同情马教授。这一切，都是因为他和马教授一家的关系。

现在再看马晓雯，她成熟了，长大了，在小满这件事情上就能看出来，马晓雯会成为一个好母亲。

再一次单独见到晓雯时，他有些尴尬，是因为心里发生了变化，虽然这时，他还没有完全把马教授的话当真。马教授是因为对女儿的爱，才会急着帮女儿寻找托付终身的人。

那天，她陪小满去商店，为小满买了件衣服，回来得晚一些。他在家已经把饭做好了。她曾在电话里对他说，会稍晚一点回去。他的手机里至今仍保留着妻子杨雪的电话号码。他每次打给晓雯或者晓雯打给他时，手机上都会显示杨雪的名字。他心里就怪怪的。

她把小满送回来，让小满穿上了新买的衣服，她才提出要走。小满听见了，过来抱住她的腿，仰起脸道：阿姨，我不想让你走。她只好留下来，三个人一起吃饭。

吃完之后，她帮忙收拾桌子上的碗筷，他去制止，碰到了她的手，两人都怔了一下。晓雯头也不抬地说：我来吧。很快，她把桌子收拾好，又把碗筷收拾好了。

她从厨房出来，到客厅拿过衣服穿上，说：我要走了。

他叫过小满：小满，阿姨要走了，跟阿姨再见。

小满又一次拥抱了晓雯，他看晓雯时，满脸柔情。

她走到门口，和小满再见。

他穿上外衣，冲小满说：我送下阿姨。

小满应了。

他穿好衣服，她在电梯口正等他，见他出来，按下了下行键。两人走到马路旁，她先说：回去吧，外面天冷。

他小声地说：谢谢你。

她回过头，又转过身说：我知道我爸跟你说了。

他意识到她指的是什么，低下头，一时不知说什么好。

她说：这些年来，我让我爸操了太多的心，于浩然的死让我懂了很多。

他抬起头，看见她眼里已噙了泪。

她说：我伤过爸爸的心，这两年他老得特别快。以前，我觉得自己长大了，我的事和他们没有关系。我知道我错了。

她望着他，泪水流了下来。

他从兜里掏出纸巾，递给她。

她又说：我爸让我和你好。我不想让他为我操心了，要是你觉得我能照顾好小满，就请你和我交往。

她说完转身走了。从她的背影看，她仍然低着头，似乎还在哭泣。

回来的路上，他突然觉得在这件事情上自己是被动的，晓雯也是被动的。两个被动的人，为了不同的目的，最终能走到一起吗？

他回家之后，小满仍然穿着那件新买的衣服照着镜子，一边说：阿姨的眼光真不错。

他望着小满，试探地问：小满，阿姨以后结婚了，不能照顾你怎么办？

小满怔了一下，有些无措的样子。半晌，想起了什么似的说：阿姨男朋友死了，她说再也不找男朋友了。

他没料到小满会这么说。他盯着小满，小满又说：阿姨今天买衣服时跟我说了，她要一直照顾我。

他照顾小满上床时，小满走到柜子旁，指着放在柜子里的一床被子说：爸，以后让晓雯阿姨和我一起睡吧，就盖这个被子。

他把柜门关上，冲小满说：阿姨现在有自己的家。

他把小满安顿好，然后来到书房，见手机上有两条未读短信。他打开手机，第一条是孙可发来的，孙可说，天气预报说明天有大雪，让他开车小心；另外一条是晓雯发来的，她说，让他把新衣服明天就给小满穿上，小满要参加同学的生日会。他看着这两条信息，一时不知如何回复。晓雯在他的生活中已经不可或缺了，小满的衣食住行都有晓雯的影子。小满明天要参加幼儿园同学聚会也没跟他说过。以前小满也参加过同学聚会，放学后，过生日的学生家长会把这些同学领到某处，孩子们一起吃蛋糕，唱生日歌，然后再由各自家长领回家。

他犹豫半晌，给晓雯回复了三个字：知道了。又看孙可的信息，想了想也回复道：知道了。又加了两个字：谢谢。

第二天一早，他特意把晓雯买的衣服给小满穿上。到幼儿园时，他说：小满，晚上参加完聚会我去接你。

小满扭过头道：我和晓雯阿姨说好了，她来接我。

小满向幼儿园内跑去，那里有迎接他们的老师。

走出幼儿园，真的下雪了，纷纷扬扬的雪让世界洁白一片。

他来到办公室时，孙可已经把他杯子里的茶沏好了，桌子也有擦拭过的痕迹。他心里有种别样的感觉，他想起孙可昨天给他发的那条信息。

在长坤公司的日子平淡无奇，他再也没有发现过任何可疑的地方，他想跟高局长再谈一次自己归队的事情。他从怀里掏出那部手机，手机静静的，他这才意识到，高局长已经好久没有联系过他了。他有些孤独，像只断了线的风筝。他犹豫着还是把那部手机揣入了怀里。他望着窗外的雪，又想起了在刑警队的日子。以往在不需要去现场时，刑警队的人会聚在那间大办公室里，抽烟，喝茶，他们聊案情，不知哪个人的提议或点子让案子豁然开朗，他们就非常激动兴奋。

平淡的一天过去，下班时，王文强来到他的办公室，坐在他的对面。他原本正想走，准备回去做饭。王文强并没有走的意思，手里托着自己的茶杯，他只能坐下去。

王文强说了几句不咸不淡的话之后，突然说：你和小孙的事怎么样了？

他怔了一下。王文强还是在于浩然被杀那天晚上，在公司食堂的包间里说过孙可的事。他忙摇头道：王总，谢谢你的关心，这事我暂时不考虑。

王文强就一副遗憾的样子说：孙可是个好姑娘，我观察过，她对你很上心。

他冲王文强笑一笑，心想，找个机会和孙可谈谈，把这事说清楚，别让她误会。

王文强离开他办公室后，他也离开公司，到家时，发现门没锁，进了门才发现，孙可正在厨房里忙碌着。

孙可见了他一惊：你没去接小满？

他应了声：他去参加同学生日会了，晚点回来。

很快，菜做好了，她端到桌子上，怕凉了，又用碗和盘子扣上。正在这时，晓雯和小满说说笑笑地回来了。晓雯一进门就说：这么香，看爸爸给你做什么好吃的了。她刚给小满脱下外套，孙可端着汤从厨房里走了出来。两人相视一眼，都怔了一下。

宋杰道：是孙可做的饭，咱们一起吃吧。

孙可笑一笑，走到沙发旁，拿过自己的外套道：饭做好了，小满也回来了，我该走了。

说完走到门旁，穿上鞋子，关门时又回过头冲小满道：小满再见。

宋杰看见孙可脸上的失落。

缺　口

孙可把辞职信递到他面前时，是几天后的一个早晨。

那天，他刚上班，见孙可就在自己办公室，屋内已经打扫过了，茶水也沏上了。她似乎一直在这里等待他的到来。他进门看见她便说：你每天都来得这么早。

她没说话，把一封辞职信放在了他面前。他匆匆地看了眼辞职信，便冲她说：你要辞职？

她礼貌地说：宋总，你是我的直管领导，这封信我应该给你。

他想到了孙可这些日子对待自己，以及照顾小满，他意识到了什么，便歉意地对她说：孙可，对不起。

她笑了一下：要问我为什么辞职，辞职信里都写清楚了。你要同意就签字，我好再去找王总签字。

他看着她的辞职信说：我想找你聊聊。

说完他把她的辞职信放到了抽屉里。

她望着他说：那就下班后吧。

说完她就走了。

他又拿出她的辞职信，辞职的原因写得很清楚，她想去北京发展，同学已为她联系好了单位。

他点燃支烟。孙可的辞职在他的意料之外，从到公司机关开始，他就防范着她，因为她在这之前为于浩然做过助理的工作。王文强把她放到自己身边，不能不引起他的警惕。包括她对他的好，对小满的照顾，虽然表面上看不出什么，但他不能没有戒备，就像当初在保安队时，王文强就在他身边安排了一个李大旺。从他到长坤公司以来，他觉得王文强并没有信任过他，只是利用他的关系探听刑警队的消息而已。在这个过程中，他试图接近长坤公司的核心，不知王文强是无意还是有意地防范他，直到今日，他仍然没有接近长坤公司的核心机密。

他要和孙可聊一次，希望知道她辞职的真实原因。她的理由是去北京工作，那么她毕业时为什么不直接去北京而等到现在？这一切都是他的疑问。

刚一下班，他就给孙可发信息说在车库等她。他来到车库时，她已经到了。他上车，她坐在了后排。他直接把车开到了一家酒吧。这个地方他和杨雪谈恋爱时来过，是一家清吧，来这儿的人就是为了休闲，可以上网、聊天。

他带她找了一间卡座，要了两杯饮料和两份快餐。做完这一切，他才笑笑对她说：没想到第一次请你，也是最后一次请你。

她低下头，半晌才说：我不辞职就不会有这待遇。

他说：辞职是因为公司待遇不好吗？

她摇头。他知道，在本省的公司中，长坤公司的待遇应该是最好的。

你真的在北京找到了更好的工作？他盯着她，从她的表情和动作上看，她在矛盾和纠结着什么。

果然，她抬起头道：你能告诉我，你为什么到长坤公司来吗？

他抬头左右望了望，这个点酒吧人不多，只有另外两对，在离他们稍远的一些地方。酒吧内放着音乐。他没想到她会这么问他。

我被公安局开除了，总要找个单位吧。

一个刑警队副队长肯到一家民营公司来当保安？她满脸疑惑。

他说：王总算是我的老熟人，我还在警校上学时，他就去我们警院选人，结果我没来，十年后，我来了。

她不说话，喝着面前的饮料，突然又抬头盯紧他道：你觉得王文强对你够信任吗？

他望着她，希望在她眼神里发现什么，但他不确定，半晌才答：我不知道。他只能这么说，他不想把她推远，又不想拉近。这是他做了十年刑警工作的职业病。在不了解的人面前永远要隐藏自己最真实的想法。

她摇摇头道：我看王文强对你并不信任，于浩然在时，他经常去王文强办公室，一待就是好久。

他轻描淡写地说：那是商量工作，有什么稀奇。

他意识到，王文强从来没主动邀他去过办公室，更别说要在他办公室里待许久了。

她见他犹豫，便说：从今天以后，我就不是长坤公司的人了，过几天，我就去北京了。

他不知道她为什么把话说得这么决绝。

她说：我知道公安局的人一直在暗中盯着王文强。

他吃惊地望着她，忙道：别乱说，你是怎么知道的？

她笑一下：有一次，王总下班时让我把他的车开回家。我出门时，发现小区对面停了一辆车。那辆车之前一直跟着我。当初我以为是顺路，但我能认出公安局的人，他们和一般人不一样。

他没说话，在分析她为什么要和他说这些。

她又说：我高考时，是警察帮助过我。从那以后，我把警察当成了恩人。每当看到警察时，我都会比常人更加留意，我甚至希望自己能找到一个当警察的丈夫。

她说到这儿不说了，冲他说：吃点吧。

他要的快餐已经上来了。此时，他已经没有吃饭的欲望了，而是对她充满了好奇。此时，他对她的警惕已经消失了。

她这才说：我不管你现在的身份到底是什么，我只想告诉你个秘密。

他正襟危坐，聚精会神地望着她。

她说：于浩然是怎么死的我不知道，但我听说于浩然吸毒，他死后在他家里还发现了毒品。

关于于浩然的死已经不是什么秘密了，公司许多人都在议论。

她接着说：王文强和于浩然是不是一伙的我不知道，我只知道，王文强办公室内间有一面假墙，那里有个门，门里有部电梯。

他在去王文强办公室那次，留意过里间。当时里间的门半开半合，只能看到床的一角。以前，王文强在公司加班或者应酬，就会住在公司里，这事大家都知道。套间内有一面假墙，这肯定是个大秘密。他激灵一下，王文强谈事从不在自己的办公室，似乎有意回避什么，就凭这一点，王文强的办公室肯定有秘密。孙可这么说，让他的心狂跳起来，他要寻找的秘密终于要水落石出了。

他装作无所谓地说：也许假墙不是秘密，是秘密怎么能让你发现呢？

她说：我是在无意中发现的。一年前我帮小何去王总房间打扫，王总那些日子去外面开会，不在公司。小何把王总床头柜上的闹钟不小心碰到床下了，她去够，却够不到，我帮她去挪床，无意中碰开了那扇门，里面藏了部电梯。

他掩饰道：这说明不了什么。

她说：我当时也没觉得有什么，一直到于浩然在家里被杀，我才想到那扇门。我知道公安局的人一直盯着王文强，这说明王文强一定有事，他有事长坤公司就一定有事。

他说：你辞职的原因就为了这个？怕长坤公司出事连累你？

她叹口气，忧伤地说：于浩然死了之后，我就知道事情没那么简单，我就想辞职。后来王文强找我谈话，让我做你的助手，我才又留了下来。我以为你是卧底。

他心里一惊，脸上却不动声色地说：孙可，我现在可是被警队开除的人。

他停了下又道：你怎么不去找警察报警？

她摇摇头道：我只是怀疑，没有证据。

那天离开酒吧时，他要送她回家，她不肯，拦了一辆出租车。临上车时，她回过头冲他笑了一下道：再见了，你明天上班再找个助理吧。

她坐上车，隔着车窗望着他。他挥了下手，发现手臂是那么沉重。

行　　动

见到高局长，是一个小时以后了。他一直在新来茶馆等着。

一小时后，高局长匆匆出现在他面前。高局长刚结束一个案情分析会，一进门就道：说。

他把从孙可那儿得到的消息告诉了高局长。

高局长向他要了一支烟。每到下决定的时候，他都会吸支烟，这是他的风格。他脸上的肌肉抽搐了一下，才说：我马上请示市局，搜！

二人匆匆地分手，遁入夜色之中。

他回到家时，马晓雯已经安顿好小满躺在床上了，她倚在床沿正在给小满讲故事。他立在门口，恍惚觉得是妻子杨雪在给小满讲睡前故事。小满闭上眼睛，露出满足又恬静的微笑。她发现了他，向他做了个手势，慢慢地离开小满的床头，走到门口时，还轻轻带上了门。

他压低声音道：你辛苦了。

她没有说话，走到门口穿上外套。

他说：我送你。说着已经拿过了外衣。

她从他手上夺下外衣，又挂上，才道：你也早点睡吧。态度坚决，不容置疑。

他只能停下来，拉开门，又把门轻轻关好。稍后才听到电梯开门的声音。

那一晚，他几乎一夜未眠，手机开着，放到床旁。他想着，长坤公司的案子破了，他马上可以归队了，他似乎又嗅到了刑警队的味道。每次遇到案情时，他们聚在那间大办公室，争论案情，商量对策，身体疲惫，精神却异常兴奋。他怀恋那样的美好时光。他不时地看眼手机，疑心手机没电了，但他每次打开手机时，手机都静静的，空无消息。

第二天一早，他像往常一样，把小满送到幼儿园后就来到了公司。他设想过，长坤公司内外站满了警察，高局长正在指挥人搜查。结果什么也没有，一如往常。他推开办公室的门，见办公室和他刚离开时一样，桌子上放着孙可的辞职报告。他这才意识到，孙可辞职了。办公室卫生没有打扫，茶杯也是空的，他坐在办公桌后，突然觉得缺少了些什么。怔了一会儿，他拨通了小何的电话。小何是王文强的助理，很快就出现在他的面前。他把孙可的辞职报告递给小何道：孙可辞职了，把这份报告交给王总吧。

小何怔了一下，接过那份报告看了眼道：王总今天没来。等他来了，我马上交给他。

小何走了，他自己走到饮水机旁接了水。放下水杯，他站到窗前，看见公司上班的人陆续地走进楼里。回到座位上，他又掏出手机。手机仍然静静的，没有一丝动静。

中午去食堂吃饭，他又看到了小何，小何冲他摇摇头道：王总没来，我打他手机，一直关机。

他预感到不妙，反身走出食堂，试着去拨打王文强的电话，果然电话里传来一个冰冷的声音：您拨打的用户已关机。他放下电话，从怀里掏出另外一部手机，拨通了高局长的电话。他还没有讲话，却听见高局长气冲冲的声音：我请示市局，市局又请示了分管我们的刘副市长，结果却没有回话。他把王文强失踪的消息告诉了高局长。高局长道：我请示省厅。说完便挂断了电话。

一下午，他坐卧不安，不停地站起身子来到窗前向外张望。公司院外院内静悄悄的，和往常一样。他不停地看手机。无数次拨打王文强的电话，还是那个冰冷的声音。

这期间，小何领来另外一个女孩说道：这是小欣，孙可辞职，让她先代理一下孙可的工作吧，等王总回来，看他有什么安排。

他挥了下手道：算了，等王总回来再说吧。

小何歉意地带着叫小欣的女孩离开了。

一直到下班，仍然没有动静，他又看了眼手机。他意识到王文强可能得到了风声，跑了。在这之前，王文强从来没有出现过这种情况，即便有事来不了公司，也会和小何打声招呼，告知一声。

他看见机关的人陆续走出办公楼，叹口气，刚拿过外套，他的手机在胸前震了一下。他忙拿过手机，是高局长。高局长只说了一句话：五分钟。他明白了，把衣服穿好，系上扣子，就像他每次执行任务出发前一样。他一直站在窗前，向院外的马路上张望着。这期间，他看见小何和那个叫小欣的女孩说笑着走出去。他看着时间一分一秒地过去。刚到五分钟，他就看见通向长坤公司的马路上突然开过一队警车，警灯在闪烁。一群干警跳下警车，向公司奔过来。

他冲出门口，在电梯间门前迎来了高局长和秦队长，还有那些熟悉的战友们。他用手指了一下王文强办公室的门，第一个过去，踹开办公室的两扇门。

在里间，床被移开了，墙角有个开关踏板，一脚踩上去，门开了。果然是假墙，墙内有部电梯。顺着电梯下去，里面漆黑一片。他打开手机的手电筒在墙上找到了开关，整个地下室瞬间灯火通明。

这是一个设备齐全的制毒车间，一堆制毒原料堆在墙角，机器旁还有一堆半成品。

仔细搜查过后，发现地下室还有一道暗门，打开这道门，门后是一条长长的通道，顺着通道走出去，他们又来到一道门前。推开门，宋杰惊呆了。这是商场地下一层的商铺，正是长坤公司的保健品零售点。这里他曾经来过无数次，却没发现任何端倪，没想到竟是制毒分子的通道。

一切都水落石出了。案件迅速上报给省里领导。就在这时，本市却发生一起惊天事件：刘副市长从办公室跳楼自杀。一切来得那么突然。

事后查证，王文强连夜来到了省城，坐上了一班去往加拿大的航班。看来他早得到了消息，而通报消息的人一定是刘副市长。刘副市长的死也算是罪有应得了。

几天后，一条新闻轰动了全国：一个重大制毒集团在××省××市被破获。

很快，省厅做出了决定：宋杰荣立个人二等功一次；静海分局集体荣立三等功一次。

此时宋杰已回市局报到了。

当他来到公安局门前时，秦队长组织刑警队列队在门口迎接。他一出现，秦队长喊了一声：迎接我们的英雄归队。全体队员举手向他敬礼。他立定站好，举起手臂，向他的战友和战友身后的静海分局敬了一个郑重的礼。此时，他的眼睛已经湿润了。离开刑警队一年零两个月之后，他重新归队了。

高局长把秦队长和宋杰叫到了自己的办公室，交代：公安部已经下发了红色通缉令，请加拿大警方配合，全世界追捕王文强。

两个月后，王文强被加拿大警方缉拿归案。制毒贩毒是全世界的毒瘤。几日后，王文强终于被引渡回国。

一切似乎都尘埃落定。

王文强归案后，审问得来的口供和现有的证据证明，杀害于浩然的人与王文强无关。于浩然的死又成了谜。

破获于浩然被杀案的任务又落到了宋杰的身上。

谜　面

宋杰刚回到刑警队没几天，有天下班时接到了马教授的电话。马教授在电话中说：先别回家，来我这儿吧，小满也在这里。

他径直来到了马教授家，进门才发现一桌子菜已经做好。吴言系着围裙从厨房里走出来，冲他道：小宋，你老师说要给你庆贺重归刑警队，害得我忙活了一下午。

他道：阿姨，谢谢了。

马教授从屋里出来，手里拿了瓶酒，桌上两只杯子已经摆好，他开始往里倒酒。

宋杰忙说：局里有规定，不能喝酒。

马教授道：今天特殊，给你庆祝重回刑警队。有什么事我和高局长去说。

马晓雯拉着小满的手也来到桌上。几个人围桌坐下。

马教授端起杯子道：宋杰，祝贺你，长坤公司的案子你立大功了。

宋杰忙端起杯子。

吴言夹了菜放到他碗里道：宋杰，吃菜。

马教授说：以后你下班就来家里吃吧，省得自己开火了。

宋杰笑笑，并没有说话。

饭后，马教授把他叫到了书房，两人刚坐下，吴言也跟了进来，端了杯茶放到宋杰面前。他欠起身道：阿姨，您别客气。

马教授道：我和你阿姨商量了，找个时间和晓雯把婚结了吧。

他吃惊地望着马教授，又把目光投向站在门口的吴言脸上。

吴言就道：我们商量了，晓雯也同意，结了婚，你也就少了后顾之忧。

他低下头。

吴阿姨又说：以后这里就是你和小满的家了。

他知道，自从杨雪出车祸之后，马教授一家为他操了很多心，尤其是晓雯，这阵子每天下班的第一件事就是去幼儿园替他接小满，没有马教授一家的帮忙，他不知自己的日子会怎么样。他每天下班都能看到晓雯在家里做好了饭菜，一边坐在沙发上看电视，一边等他下班。在他心里已经把晓雯当成了自己最亲密的人，虽然他们没有花前月下，有的就只是生活中的相互帮助和温暖。马教授和吴阿姨更是把他当成了一家人。每天晚上晓雯离开，他都要送送她，两人走出小区，走到马路上，并没有更多的言语。晓雯说：我现在每天都要和小满通上一会儿话。他明白指的是什么，就说：让你费心了。她潮着声音说：给小满一个念想吧。他想过，有了念想，小满成长的过程才是圆满的。一想到杨雪，他就想哭。杨雪的仇报了，也许杨雪也安息了。在他心里，晓雯是个好姑娘，经历了于浩然的事件之后，她更成熟了，知道了去爱什么。

那天，晓雯一家提到了他们的婚事，他并没有反对，而是说：听晓雯的。

吴言就趁热打铁说：那就抓紧把日子定下来。

他认真地说：我刚回局里，高局长交给我一项任务，等这个案子结了，我就和晓雯结婚。

吴言还想说什么，马教授接过话茬道：听宋杰的。

于浩然的案子让他陷入了进退两难的境地。现在这个案子所有资料都在他手里，他不知看了多少遍，有用的信息只有一条：于浩然死于心脏被刺，刺中他的凶器为一把自制刀具。伤口呈三角形，宽度为六厘米。除了这一条有用的信息外，其他的毫无头绪。从凶器上看，这是一把三角铁锉，很常见。早些年间，这种工具每家必备。他想起自己上初中时，家里就有一把这样的铁锉，父亲经常拿着它修理家具。铁锉本身并不能杀人，它被加工过了，磨成锋利的三角刀状，三个沿面有可能被磨出了血槽。只有这样，刀刺进人体才能很快地拔出来。

他又一次来到于浩然家的小区，这个小区他已经来过无数次了。他跟踪过于浩然，于浩然出事那天，他第一个进入于浩然的房间，于浩然斜躺在沙发和茶几之间，身穿睡衣，身下的血水浸湿了地板。王文强没有归案时，是最大的嫌疑人，他为了灭口，有杀人的动机。但王文强不是凶手，宋杰陷入了盲区。

他也调取了那一段时间的监控录像，有小区内部的，也有电梯间的，仍没找到凶手的影子。在他接手这个案子之前，秦队长带人对这个案子侦查了许久，并没有任何进展。那时工作重点是整个长坤公司。随着长坤公司陷落，王文强归案，这个案子又一次陷入了死胡同。

那些日子，他把于浩然小区内以及周边的监控都调了出来，一帧帧地看，仍没能发现一点有用的线索。

秦队长到他办公室来看过他，递支烟给他道：于浩然的死亡是个谜，我们把市局、省厅的专家都请来了，都没找出线索。你跟高局长申请下，把这个案子挂起来吧，反正长坤公司制毒案已经结了，这案子破不破影响不了大局。

他之前也这么想过，各级专家都束手无策的案子，他这么做高局长一定会同意。但他觉得，这个案子不破，他心有不甘。在刑警队工作十余年了，各种案子他破过无数，却被于浩然的案子难住了，他不服。

秦队长说：宋杰，你不要追求完美，世界上没有完美的事。

他拿出烟来递给秦队长，两人抽烟。

他说：这是熟人作案，于浩然是在完全没有防备的情况下被刺中了心脏。

秦队长帮着分析道：那阵子他和聂远达来往最多，可当天他和聂远达是在外面见的面，聂远达没有时间再来到于浩然的家里，监控已经证明了这一切。聂远达离开后就打了辆出租车，然后被你发现。排除聂远达，于浩然认识那么多人，怎么排查。对了，只有马晓雯有他家钥匙，当时我们也调取了监控录像，她在于浩然回家一小时前就离开了，这都有证据。

他想到了长坤公司制毒案，结果是在那种秘密的情况下发现了制毒窝点。就是孙可无意中的一句话，让案情峰回路转。他觉得于浩然的案子就是缺少峰回路转的那个契机。

他想起了孙可。长坤公司的案子结束时，他给孙可打过一次电话，想说句谢谢，却发现她的手机已经销号了，他拨打的电话号码已经不存在了。也许是孙可想忘掉一切。不知为什么，他一想起孙可便有些内疚。这种内疚从何而来，他说不清道不明。

眼下，他对于浩然的案子一筹莫展。

秦队长就说：你不想和高局长说，我去说。

他没有应秦队长的话。

几天后的一个中午，高局长一个电话把他叫到了办公室，告诉他于浩然的案子暂时停止调查。他望着高局长，没有争取。高局长道：那么多专家都解决不了的案件让你一个人去破，也难为你了。

于浩然的案子就这样被作为悬案挂了起来。

日　子

日子似乎又回到了从前。

身为刑警队副队长的宋杰生活很不规律，有时半夜也要出警。他的手机二十四小时开着，即便没有大案要案需要他亲临现场，有时回到家也已是华灯初上了。

马晓雯有时把小满接到自己家，有时在宋杰家等他回来。饭菜做好了，在微波炉里放着。有几次，宋杰回来时，晓雯倚在小满的床上已经睡着了，外衣都没有脱，就倚在那儿。见他回来，她睁开眼下床，看眼手机惊叫一声：都快十二点了。然后晓雯慌慌张张离开。宋杰望着深夜还要回家的晓雯，心里面充满了歉意。

有几次，他半夜去执行任务，便给晓雯打电话。晓雯在电话里迷糊着，他就满是歉意地说：晓雯，麻烦你过来一趟吧，我要出去。

晓雯应了，他才出门。

高局长和警员们都知道宋杰的现状，尽量晚上不打扰他，但有时案子急，人手不够，还是得把电话打给他。

有一次高局长找到他说：晓雯那姑娘不错，抓紧把婚结了吧。

他又想起马教授说过的话。

他自己明白，自从杨雪出车祸后，晓雯帮了他大忙。最初是有歉意的，后来，他已经无法用歉意去表达了。这么久的相处，他也知道晓雯是个好姑娘，他离不开她，小满更是离不开她，无论他何时去执行任务，只要给晓雯打一个电话，他心里就是踏实的。这样久了，他也是有血有肉的人，晓雯付出的点点滴滴已经够让他感动了。但他总觉得缺点什么，他从晓雯的眼神里能感受到对他的关心和体贴，但他们彼此都没有说过一个“爱”字。他们的恋爱模式和别人不一样。晓雯先是为了小满才走近他，他也是因为小满才重新认识她。

他又想起和杨雪的恋爱过程，两人的家都不在本地，那会儿他们都住单人宿舍。是吴言阿姨约他去家里吃饺子，就这样认识了杨雪。那会儿他刚到刑警队不久，为积累办案经验，两人聚少离多。有空了，他们就约出来见见面吃顿饭，有时一顿饭没吃完，他的手机又响了。案情如火，他要十万火急地奔赴现场。杨雪对他没有一句怨言。两年后，他们结婚了。高局长当时说好了，要给他放三天婚假，可结婚的第二天晚上，他还是被一个电话叫到了现场。这些年来，杨雪早已适应他早出晚归的工作了。

当马教授提出让他早日和晓雯结婚时，他嘴上的理由是于浩然的案子，心里想的却是给晓雯一次机会。随着他和晓雯接触越来越多，他更加怕伤害她。如果晓雯爱上了别人，他不想连累她。他明白，做一个警察的妻子会有多么大的牺牲。但他和小满又那么依赖于她。他煎熬着也纠结着。他又多次想过，要是自己没有小满，一切就都解脱了。可小满是他和杨雪的孩子，在小满的身上依稀能看到杨雪的影子。小满是杨雪留给他的唯一念想。

无法改变的生活状态，只能让他越来越离不开小满。

那年的春天来得早，3 月底刚到，满大街就飘起了柳絮。晓雯病了，发起了高烧。晓雯因病已经几天没去上班了，这几天，吴阿姨都把小满带到自己的家里。他回到家，发现家内外都冰冷一片，下意识地又给晓雯打电话，才知道晓雯病了。他赶过去，见晓雯躺在床上，小满趴在晓雯的床头，正用小手摸着晓雯滚烫的脸颊。小满见他进来，跑到他身边“哇”的一声哭了，边哭边说：爸，晓雯阿姨病了，脸上很烫。他过去，摸了下晓雯的额头，问：去看过医生了吗？晓雯点头。他说：想吃点什么？她说：山楂糕。他转身走出门去，回来时手里提了半袋子山楂糕。

那天晚上，他对马教授和吴言说：老师，阿姨，我准备和晓雯结婚。

马教授听了他的话，如释重负地舒了口长气，望着他的目光里已有泪光闪过。

吴言就说：你们就定在“五一”节吧。你工作忙不要管，东西我准备。

他点了头，从兜里摸出银行卡交给晓雯。

又一次下班时，看见自己家有工人在粉刷房子。又过了不久，家里摆上了新家具。转眼“五一”节就到了。

他们的婚礼如期举行。高局长带着刑警队的人都来到了现场。

他们没有举行仪式，只依次地和来的朋友握手问候。高局长让人把两个花篮摆到现场，和马教授打了招呼，又拍拍宋杰的肩膀道：我们得走了，节假日我们要二十四小时值班。

高局长带着人马走了。

马教授过来，冲宋杰说：咱们拍张照片吧，这是晓雯和你的大喜日子。

在空地上，马教授站在中间，他和晓雯站在两边，他们拍了一张喜气的照片。

马教授把晓雯的手拉过来，放到他的手里，又把他们的手握紧，盯着宋杰道：宋杰，今天我把晓雯交给你了，你要对得起她。马教授哽咽了。

宋杰叫了声：爸。

马教授凝视着他道：你是警察，你知道怎么保护好晓雯。

他重重地点了点头，又叫了声：爸。

马教授才长叹口气道：从今天开始我的心事了了。

马教授突然如释重负，那一刻，宋杰还没有意识到马教授这句话的含义。

“五一”节结束之后，日子又恢复如常。宋杰依旧早出晚归，无论他走得多远，回来有多晚，家里永远亮着一盏迎接他归来的灯。

自　首

一天中午，宋杰刚从现场回到队里，看见马教授提着一个旅行箱站在刑警队院内。他忙迎上去道：爸，您这是出差吗？

马教授看了他一眼：我找高龙彬。

他要去接马教授手里的提箱，被马教授拒绝了。在宋杰的印象里，马教授很少来他们刑警队。他把马教授带到了高局长房间内。

高局长正在看案件资料，见到马教授忙迎上去，热情地说：老师，您怎么来了？

宋杰倒了杯水，放到高局长对面的桌子上道：爸，您喝点水。

说完，他想退出去，马教授看了他一眼道：你留下。

宋杰听了这话，迟疑地又转过身子，立在那儿看着马教授。此时的马教授一脸凝重。他意识到马教授有话要说，便指了下那把空椅子说：爸，您坐下说。

高局长也道：老师，您坐。

马教授坐下了，高局长才坐下。宋杰站着望着马教授。

马教授冲高局长道：我今天是来自首的。

高局长和宋杰都吃惊地望着马教授。

马教授说：于浩然是我杀死的。

宋杰惊呼一声：爸！

高局长也瞪大眼睛。

马教授：晓雯是我唯一的女儿，我不能眼睁睁看着晓雯嫁给一个瘾君子。

他说到这儿，闭上眼睛，无奈地望眼天棚，目光又落下来：晓雯是我生命的支柱，当初我同意她和于浩然恋爱就是个错误，我不想错上加错了。几年前，晓雯就告诉我于浩然吸毒，我就劝她离开于浩然，可她离不开。如果我不杀死于浩然，晓雯就要和他结婚，我不能眼睁睁看着晓雯往火坑里跳。恋爱时我没能阻止她，是我错了，这个错是我种下的，我不能让我的女儿一错再错。

马教授叙述了他杀死于浩然的经过。

他打了辆出租车来到于浩然居住的小区，他是从监控坏的那个门进入的地下室，又来到单元门，爬楼梯敲开了于浩然的房门。于浩然把他让到沙发旁，他一刀刺过去，直中于浩然的心脏。进门前，他换上了鞋套，所以才没有在现场留下任何痕迹。看见于浩然倒在血泊中，他又原路返回，刚走出小区大门，就看见一辆空驶过来的出租车，他便上了出租车。

他叙述完之后，仿佛爬了一座山，他喘吁着道：我不知道那么多事都和于浩然有牵连，他害死了那么多人，死有余辜。但我还是自首来了。我早就想自首，我是警察学院的老师，不能知法犯法，但我不放心晓雯才拖到了现在。给你们添麻烦了。

说完他弯下身子，打开旅行箱，从里面拿出一个塑料袋，里面装着一把自制的刀具，就是市场上常见的三角铁锉，三面被磨成了血槽，另一头磨出了锋利的刃。这一切和他们当初的判断并没有差别。

宋杰忍不住叫了声：爸。千言万语，只汇成了一个字。

马教授把目光停在他的脸上：宋杰，晓雯嫁给你我就放心了，你一定要和晓雯再生个孩子。你是警察，是男人，一定要保护好你的亲人。

马教授说到这儿，眼里涌出一串泪，他用手擦去，又对高局长说：龙彬，我把自己交给你了，叫人把我带走吧。

说完向前伸出双手，闭上了眼睛，眼角又有两颗泪流出来。

宋杰嘶叫一声：爸……

他跪在了岳父面前。他听见高局长办公室外响起了急促的脚步声。

那天，他下班，回到小区门口，看见晓雯牵着小满的手正等着他。他一步步走过去。他看见晓雯的脸上流下的泪水。

一年以后，他和晓雯的孩子出生了。

图书在版编目(CIP)数据

向爱而生 / 石钟山著. -- 北京 : 中国文史出版社, 2023.2

(中国专业作家作品典藏文库. 石钟山卷)

ISBN 978-7-5205-3652-3

Ⅰ. ①向… Ⅱ. ①石… Ⅲ. ①长篇小说-中国-当代 Ⅳ. ①I247.5

中国版本图书馆 CIP 数据核字(2022)第 163943 号

责任编辑：牟国煜

出版发行：**中国文史出版社**
社　　址：北京市海淀区西八里庄路 69 号院　邮编：100142
电　　话：010-81136606　81136602　81136603（发行部）
传　　真：010-81136655
印　　装：北京新华印刷有限公司
经　　销：全国新华书店
开　　本：720×1020　1/16
印　　张：14　　　字数：154 千字
版　　次：2023 年 2 月第 1 版
印　　次：2023 年 2 月第 1 次印刷
定　　价：54.00 元